一江春水

周依春 著

中国书籍出版社
China Book Press

图书在版编目（CIP）数据

一江春水 ／ 周依春著 . -- 北京：中国书籍出版社，
2024.12. -- ISBN 978-7-5241-0005-8

Ⅰ. I267

中国国家版本馆 CIP 数据核字第 2024MQ5575 号

一江春水

周依春　著

图书策划	许甜甜　成晓春	
责任编辑	张　娟　成晓春	
责任印制	孙马飞　马　芝	
出版发行	中国书籍出版社	
地　　址	北京市丰台区三路居路 97 号（邮编：100073）	
电　　话	（010）52257143（总编室）（010）52257140（发行部）	
电子邮箱	eo@ chinabp. com. cn	
经　　销	全国新华书店	
印　　刷	四川科德彩色数码科技有限公司	
开　　本	880 毫米×1230 毫米　1/32	
字　　数	185 千字	
印　　张	8	
版　　次	2024 年 12 月第 1 版	
印　　次	2025 年 1 月第 1 次印刷	
书　　号	ISBN 978-7-5241-0005-8	
定　　价	58. 00 元	

描摹乡土风物的淋漓画卷

——周依春散文集《一江春水》序

伍立杨

遂宁，作为成渝双城经济圈的中心城市和门户枢纽，基于其地理位置的特殊性，当前正加快推进"筑'三城'、兴'三都'"战略发展部署，意在加速升腾"成渝之星"。作为当代中国式现代化建设的一个缩影，遂州大地时时处处都涌动着城乡建设的滚滚春潮，一片生机蓬勃、日新月异的景象，恰似一江春水向东流，浩浩荡荡，横无际涯……

2021—2022年间，周依春曾在遂宁农商银行工作。虽然不到两年，但他却亲身领略了遂宁的山川风物、遂宁人的和善包容。感怀于这份难得的相遇，"为了让那些零散的文字有个归宿，更是为了留存那一段美好的记忆"，在繁忙的银行经营管理之余，勤于笔耕的依春先生，决定将在这段时期所写的文字，结集为《一江春水》出版面世，以存鸿爪雪泥，兼作怀人忆往。此前，多有著述的他，已相继有新闻通讯集《山路十八弯》和散文集《岁月留痕》《流淌的心曲》等多部著作付梓行世，还荣获了中国金融文学界最高奖项——第四届金融文学奖，以及第五届石膏山文学奖之提名奖。

《一江春水》收录了侬春先生近作数十篇。其体裁形制，涉及散文、随笔、报告文学、文艺评论等，形式多样，观点鲜明，意趣盎然，各具特色，可见作者驾驭创作不同体裁的高超能力，更见其做人做事的品格和风格。

书稿分为四辑，每辑命名各有妙义胜谛，蕴藏深刻内涵。

第一辑"润泽一方"，表达他对一方水土和地理风物的钟情与奉献。他乡即故乡，每辗转一处，他就深爱着一处。他在《涪江春色》中这样写道：涪江的春风是和煦的；涪江的春雨是和顺的；涪江的春光是明媚的；涪江的春水是至情的；涪江的人民是至善至美的……然而，人们并未沉醉于大好的涪江春色，而是深谙"一年之计在于春"的道理，时时刻刻拼搏着热烈，奋斗着激情。在《川中十里白芷香》《幸福海龙村》中，他把农商银行在支持产业振兴和服务乡村振兴中"三大银行"的作用展现得淋漓尽致，极大地彰显

了"四川农信——四川人民自己的银行"的良好形象。而
《赶考的心态》又是他以文学的方式对自己所做工作的另一
种呈现,让人在文字中感悟工作的乐趣。

第二辑"心静如水",提炼了作者日常生活中的点滴人
生感悟、心得,这些经验之谈,足资启迪读者,以为他山之
石。《人生需答"三类题"》《每一个人都了不起》是他在工
作生活实践中的真实体会和感悟,能够吐露心声,以文示人,
旨在免走"弯路"。

第三辑"跋山涉水",以游记文字居多,开启红色之旅、
观览山水人文、探访遗存史迹,间亦发作感慨憬悟。凡集中
篇章,俱能言之有物、刻画生动,不落空泛虚无,可窥见作
者脚踏实地、一步一个脚印的扎实学风和文风。他对山川风
物、人文地理无不钟爱有加,陈子昂读书台、灵泉寺、巴城
的白塔山等一批具有厚重历史文化的教育基地都成了他表达
情感、抒发志向的最好依托。

第四辑"饮水思源",意在走得再远,都不能忘记来时
路。散文《搭便车》既记录了他学生时代的"行路难",又
反映了他参加工作后同家乡人民一道,为改变家乡落后面貌
所作出的不懈努力,同时也折射出改革开放以来,我国农村
所发生的日新月异的变化。在《我对军装的情谊》《中秋记
忆》《讨粜》《春节祭祖》中,依春先生尊老爱幼、感恩怀旧

的心理和对良好家风的传承跃然纸上，令人回味动容。《重回少年》里他看到儿子的毕业晚会，仿佛自己一下子也回到了少年时代，而《大巴山的说春人》《远去的报刊邮亭》中谈论的这些即将缺失的"宝贝"，他又不得不从岁月的长河中去打捞并加以封存。

依春先生现为中国金融作协理事、中国报告文学学会会员、四川省作协会员、四川散文学会会员，好读书、喜写作，本色是文人书生。于繁忙的金融管理工作之余，他常常夜间一盏青灯、数卷书册做伴，锐意于散文等文学创作，乐此不疲，勤勉有加。他善于从身边所习闻常见的点滴小事，去生发延展开来，以其慧眼灵心，去体察感悟生活中的真谛妙趣。

其散文写作与报告文学比翼齐飞，且皆有较高创作成就，实属难得。散文固不必论，即如描写川中白芷、彝族刺绣、井研柑橘、郎酒庄园、幸福海龙村的诸篇报告文学作品，细致描绘其产业构造、发展前景，兼及共同富裕主题，为当代新农村建设、乡村振兴鼓与呼，彰显中国式现代化的生动实践，显见作者一片家国情怀、赤子之心，不难窥见其书生报国的心路历程。

依春先生由一名普通教师子弟，经过数十年不懈努力，工作岗位从乡镇信用社到区县联社、市级农商银行不断晋升，个人也逐步成长历练为业务能手、高层管理。一路走来，艰苦备尝，却也感悟良多，收获丰硕。其主业和业余兴趣的触角，竟又跨越金融业务、金融管理和文学创作等领域，皆能卓有成就、业绩斐然，良非易事。

"文章合为时而著，歌诗合为事而作"，尤为难得的是，依春先生文笔质朴无华，情感真挚细腻，叙说明白晓畅，读来琅琅上口、亲切近人，宛如春风拂面，有温煦怡人之感。

对于乡土风物的描述，在依春先生的作品集中占有相当比例。他的佳思妙想层出不穷，笔下的景物多为生活实景，其描写范围触及生活中每一个细小的物事，且赋予它们生命情韵。有的皆用顺写，工细入妙，有的则以正面还题，真如化工肖物。

景物活、意境活，炼字既精，炼意更精，他笔下的景物搬到纸上仍具另一种动感，同时思维的动感也与之同在，故能相得益彰。其中所蕴含的生活、人生的哲理，更具有辩证法的精义。依春先生是以智者对于生活细部的捕捉，表现正大的情怀。所以王国维说："境界有大小，不以是而分优劣。"

万物的美感其实是人的情感体现。在作者的笔下，因为情感和挚爱的深度注入，乡土风貌不仅生动传神，更有了温度和生命，甚至可以清晰感受到它的惊奇和痛痒。

掩卷凝思，漫漶隐约的字句，在脑中浮坝起来，不惊不诧，灵妙大方，水墨淋漓的，像是古艳的流水音，宁静、生机盎然，而又深邃——

"不知何时，一粒丝瓜籽掉进了老屋阶沿上的石缝里。"

"慢慢地，这粒丝瓜籽伸出两片嫩芽，冲破石板的阻拦，从石缝中冒了出来。能够在夹缝中求生存，我惊叹种子的力量，更赞美生命的顽强。"

是为序。

2023 年 9 月 8 日于成都

伍立杨，1985 年毕业于中山大学中文系。其后长期任人民日报社记者、主任编辑。1995 年加入中国作家协会。著有《中国 1911》《民国幕僚史话》《潜龙在渊——章太炎传》《铁血黄花》等三十余部。曾任海南省第四届作家协会副主席，是海南省第五届政协委员、海南省美术家协会会员。现供职于四川省作家协会。

心灵的力度与深邃的见识

—— 读周依春散文集《一江春水》

让 让

在所有文学体裁中，散文在生活中的应用是最为广泛的，一封书信可以是散文，一个通知可以是散文，在微信朋友圈发表的感想也可以是散文。但另一方面，真正能将散文写好的人少之又少，即便放眼整个近现代文学史，散文的天地也显得寂静得多。这说明了，在不借助想象的翅膀、紧贴地面行走时，文字要摆脱庸常的巨大难度。

在散文方面，周依春的创作已经相当成熟，能够游刃有余地处理各种复杂题材，并形成了自身的语言特色和叙事风格，这在其新作《一江春水》中得到了很好的彰显。

2021 年春，周依春从我的老家达州市开江县调至我如今所在的城市——遂宁工作。因为我们都爱好文学，且我从事着与文学相关的工作，与他交流较多，便日渐熟识。2022 年冬季，周依春又调至乐山工作。他离开遂宁时，我因身体抱恙未能相送，至今仍觉遗憾。周依春在遂宁工作不到两年，但《一江春水》中的文章都是他在此期间写就，其旺盛的创作力，让人惊叹！

《一江春水》由四部分组成，所涉题材广泛，表现方式多样。"润泽一方"记录日常工作生活；"心静如水"抒发见闻之所感；"跋山涉水"则是四处游历的真实写照；"饮水思源"写故乡、亲人和儿时的记忆。

在《一江春水》中，作者的成长经历、生存状态、所思所想，乃至时代变革都被诉诸其中。无论是对故人故物的回忆，还是关于人类复杂情感的论述，抑或是感动瞬间的记录，无不说明作者是一位擅长在生活的内在联系中去把握和表现生活的人。

周依春是一位智者，总是着眼于生活的丰富性和复杂性，不停地思考和思索。比如《人生需答"三类题"》《闲话"挣表现"》等文章，这类主题的书写稍有不慎便会流于空泛，或隔靴止痒，或陷入晦涩的哲学语境之中，而作者在处理这些题材时，往往举重若轻，以入木三分的小故事佐证，读来令人轻松惬意。同时，作者旁征博引，文字富于生活情趣，又不失洞察力。

读周侬春的散文也可以感觉到，写作是他触摸时代的重要方式。反映当下生活，细说时代中的小人小事，是他作品的重要特色，诸如《幸福海龙村》《川中十里百芷香》等篇什。

著名诗人西川曾说，当代诗人要有处理当下生活的能力，一个诗人写花草树木很简单，但要让他们去处理一个洗脸盆就成了难题。

是的，尤其是在当下，社会发展突飞猛进，人民生活日新月异，如果没有敏锐的观察能力，文学作品就容易脱离现实生活。因此，必须紧跟时代，否则，作家的思想与创作就会落伍。

在我看来，《一江春水》充满智性的同时，也充满人文关怀，呈现出一种阳光的正大气象。诸如《追梦的外卖小哥》《搭便车》等文章，给人一种积极向上的力量和直面生活的勇气。

就语言特色而言，周侬春的散文是平白如话的，处处流露出真性情，其美在自然、淡雅和素朴，在语言效果上体现出直接、干脆和凝练的特质，往往能直达事物的核心。

周侬春从事文学创作近 30 年，深厚的文化积淀让他的文笔干练、文采飞扬、行文老道、思考深入。在《涪江春色》《我爱春天的阳光》等文章中，最显著的特点便是生动而富有诗意，生活体验和语言之美相得益彰，意识深度、独特经历以及复杂感情依托于语言之美达到了一种非凡的艺术效果。

《一江春水》在遂宁写成，自然少不了遂宁元素。这其中，有对历史人物的追忆缅怀，风景名胜的所感所想，产业发展的深度剖析，也有对历史事件的精彩再现……在面对这些不同类型的对象时，作者的处理方式也是丰富多样的。在《川中十里白芷香》《探访灵泉寺》《拜谒陈子昂读书台》等作品中，遂宁深厚的人文历史、优美的自然风光被展露无遗。

在遂宁的一年多时间，作者循着前人的足迹，在他们曾经停留过的地方，重新打量这个世界，并与自然山水和人文历史对话。他仿佛有一把密匙，打开了时空的锁链，由此得以在历史和现实之间随心所欲地漫游。

是的，周侬春擅于将沉潜在民间的独特段落和精神碎片打捞出来，那些沉睡于时空深处的事物经他之手，就会重新蠕动起来，让读者仍可感受和触摸到那尚存的余温。

今人自然有镜鉴历史的必要，但最终仍要立足当下，以现代的眼光去审视、采集和体悟，方能历久弥新。一个人物也好，一个历史事件也好，乃至一个城市的风物人情要梳理起来或都有迹可循，但不少作家在面对经济发展、乡村振兴等宏大主题时往往很难把握核心。在这方面，周侬春又为我们起到了某种示范作用，他往往以所见所闻为切入点，着眼

于生活中最为细微之物、常被忽略之物，以小见大，所及问
题无不典型，无不新颖深刻。

《一江春水》是一本有故事、有温度、有趣味的散文集，
它浩瀚而细微、热烈而冷峻、华丽而朴实，处处可见作者心
灵的力度和深邃的见识。

2023 年 6 月 6 日于遂宁

让让，《遂宁日报》编辑，"90 后"诗人。

目 录
CONTENTS

第一辑 润泽一方

第二辑 心静如水

第三辑 跋山涉水

第一辑

润泽一方

涪江春色

去年春天，我从大巴山南麓的达州市来到涪江中游的遂宁市。初来乍到时的忙碌使我还未来得及从繁重的工作中抬头，春天就已从我的眼皮子底下悄然溜走。

今年春天又要来了，我要抓住这稍纵即逝的机会，把涪江的春色看个够。

涪江的春风是和煦的。立春过后，涪江边上的一缕春风捎来了春的颜料和气息。它鲜艳、亮丽，染绿了江边的水草，染绿了枯藤古树，染绿了涪江大地，到处呈现出一派"春风吹又生"的欣欣向荣景象；它柔和、清爽，娇柔地亲吻着人们的面庞，恰似"沾衣欲湿杏花雨，吹面不寒杨柳风"；它湿润、香甜，渗透人们的心房，宛如"暗香留不住，多事是春风"。漫步江边，微风拂面，令人神清气爽。

涪江的春雨是和顺的。雨丝密密匝匝，从天空抖落下来，像牛毛，像花针，像细丝，滋润着大地万物。远山近物笼罩在蒙蒙的雨雾中，宽阔的江面烟波浩渺，升腾起一层薄薄的雾气，给人一种飘飘欲仙的感觉。一场春雨过后，江边的樱花、玉兰花竞相绽放。粉红色的樱花如同炒熟的爆米花缀满枝头，玉兰花有白的、红的，如同绽放的张张笑脸，十分抢眼，惹得行人驻足观看。

涪江的春光是明媚的。沐浴着大好春光，沿江而上来到唐家乡。这里是遂宁市川白芷种植基地，连片的川白芷已破土而出，拔节生长——漫山遍野，苍翠欲滴。人勤春早，正在田间锄草的人们挥汗如雨，撒下一片欢歌笑语。顺江而下来到河沙镇，"高品质粮油产业园"几个大字映入眼帘。这是一场浪漫的邂逅，那一望无垠的黄色海洋蔚为壮观，近看有的已是茁壮的油菜秆，盛开一朵朵的油菜花，吐出几根小巧纤细的花蕊，淡雅清秀；有的是半开半闭羞羞答答的油菜花，还没有完全绽放自己的笑脸；还有的只含苞待放的花蕾，只冒出一点点鹅黄，引得蜜蜂蝴蝶青睐，正所谓"留连戏蝶时时舞，自在娇莺恰恰啼"。层层叠叠的油菜花挨挨挤挤、摩肩接踵、低声耳语，好像在倾诉一段美丽的往事。行走在涪江的春光里，如同走进了一个五彩斑斓的世界，令人心驰神往。

涪江的春水是至情的。人们常说，柔情似水。源自岷山

一江春水

主峰雪宝顶的涪江，低吟浅唱着，一路欢歌，奔腾不息，来到涪江中游，江面渐宽，江水平缓。千百年来，涪江水以它的万般柔情润泽着涪江两岸的万亩田畴，养育着世世代代涪江人。涪江人也从不辜负大自然的馈赠，他们秉承"绿水青山就是金山银山"的理念，持续开展涪江流域治理，涪江的生态得到极大的修复和保护。春天来临，江水上涨，碧波荡漾，"上下天光，一碧万顷，沙鸥翔集，锦鳞游泳，岸芷汀兰，郁郁青青"，好一派"日出江花红胜火，春来江水绿如蓝"的景象。

涪江的人民是至善至美的。地处涪江中游的遂宁，已有一千六百多年的历史，素有"德善之乡"的美称。"广德、和善、包容"为这座城市贴上了一张靓丽的标签，也为遂宁人的性格作了最好诠释，他们的骨子里早就植入了"德为先、善为贵"的基因，正是这一方创业热土聚天下英才而尽用之，才谱写了一个又一个"敢为人先、善做善成"的动人故事。近年来，党中央作出了"建设成渝双城经济圈"的重大决策部署，遂宁市委、市政府提出了"筑'三城'，兴'三都'，加速升腾'成渝之星'"的战略构想，勤劳智慧的遂宁人正意气风发地迈上第二个百年奋斗目标的新征程，遂宁一定大有作为，未来可期。

一年之计在于春。春天来临，涪江两岸处处都涌动着拼搏奋斗的滚滚春潮。在乡村，春耕春播正如火如荼；在学校，宽敞明亮的教室里不时传出阵阵琅琅书声；在工厂，机器正在高速运转，工人们一派繁忙；在车站，南来北往的车辆正不停地穿梭；在园区，到处都是遂宁农商银行员工忙碌的身影，他们正在发放一笔笔"园保贷""创业贷""遂商贷"，为园区企业送来了"及时雨"……一切都是那么井然有序，一切都显得那么遂心安宁。

我爱涪江，更爱涪江的春色。

我爱春天的阳光

如果有人问我："你最喜欢春天的什么?"我会毫不犹豫地回答:"我最喜欢春天的阳光。"

春天的阳光,既不像夏日那样火辣,又不像秋日那样娇艳,更不像冬日那样温顺,它不温不火,照在人身上,如同洗日光浴一般,令人酥痒麻醉,心神荡漾,是人间任何事物都不能及的。

立春过后,天气回暖。借着周末,我回到地处山区的老家。早上起床,放眼望去,绵延起伏的山峦被浓浓的云雾笼罩,有如梦境一般。凭着在山里生活多年的直觉,清晨有雾,这一天定是个艳阳高照的好天气。"这样不就可以享受到明媚的阳光了吗?"我暗自庆幸着。果不其然,没过多久,太阳就像一团红红的火球,羞答答地从地平线上冒出来,万丈霞光冲破重重云雾,然后云雾由浓变淡,渐渐散去,远山近树清晰可见。此刻，我独坐院中，尽情地享受着阳光带来的惬意，思绪却飞回到遥远的过去。

20世纪70年代，幼小的我同样享受着春天阳光般的温暖。那时候，为了挣工分养家糊口，家中仅有的两个劳动力都参加集体生产去了，我们几兄弟则由因丧失了劳动能力而留在家中的曾祖母和祖母照看。而且，除了照看我们，她们还要做一些家务活。当日光从房屋顶上倾泻下来，她们则坐在院坝中间，或做着针线活，或寻找藏在破旧衣服缝中的跳蚤和虱子……说来也怪，那时藏在衣服的跳蚤和虱子还真不少，真应验了"穷生虱子富生疮"那句古话。我们几个懵懂小孩或在房前屋后奔跑着捉迷藏，或到门前的水田边戏水抓蝌蚪，或在附近的石坝上撒娇打滚，有如"最喜小儿无赖，溪头卧剥莲蓬"的乐趣。大人们在田间地头干着农活，口中唱着《大海航行靠舵手》，纵有万般辛苦，也能把贫穷的日子过成歌。

后来上了初中，每到春季，同学们总会想办法找一个阳光明媚的周末，三五成群，结伴而行，享受大自然赐予的福利——晒太阳。大家或郊游踏青，或登高望远，或背上锅灶，买一些饺子，挖一些蔬菜，选一块空坝，来一场野炊，把青春放纵，把激情挥洒，自觉酣畅淋漓……那时候男女同学之间的"三八线"已经消失，同学之间的纯真友谊在阳光的照射下变得日渐深厚，大家互帮互学，共同进步，一个个均成了可塑之材，几十年后依然情同手足、惺惺相惜。

对于我来说，高中毕业后就参加了工作，如今看来是一件幸事。彼时我刚从学校门走到单位门，专业知识一片空白，于是当时的信用社主任便给我找来一摞业务书籍，要我自学。正值最美人间四月天，春耕时节，一派繁忙，乡镇上除了逢场天有少量的人赶集外，冷场天街上空荡荡的，村民们全都在自家的田地里忙碌，正好给我留出了自学的空暇。每天上午9点过，我会带上书籍，来到场镇后面通往平梁城的半山腰，找一片"春风吹又生"的草坪，或立或坐、或躺或卧，任凭日光从头到脚地亲吻。就这样持续了将近一个月，《农村信用社会计》《贷款通则》《农村信贷》等知识如同一块块"芯片"，慢慢植入我的脑际，成为我终身受益的财富。春天的阳光为我补足了钙，同时也为我插上了腾飞的翅膀。

"嘎——嘎——"两声鸭叫把我从回忆中唤醒。院坝边的池塘里，鱼儿已经结束了冬眠开始浮出水面，一群麻鸭正在追逐觅食。阳光下，池塘角上两棵柳树已经吐露新芽，塘埂上去年父亲新植的几颗棵树已经开花，野生的折耳根开始冒出点点猩红，塘埂边那丛干枯的芭蕉树，像桅杆上挂着的风帆迎风抖着，发出"沙沙沙"的响声，可以预料，不出个把月，它定会绽放出一抹新绿……好一幅"春江水暖鸭先知"的美丽画卷！对面山坡上的几处村民聚居点在阳光的照耀下熠熠生辉，格外亮眼。这既是时令上的"春天"，又是开启第二个一百年的新起点！

"万物生长靠太阳！"这不仅是自然界的法则，也是人生的法则。

春天的阳光哺育我成长，我爱春天的阳光！

赶考的心态

——参加高级经济师答辩随记

接到同行朋友通过微信发来 2020 年高级经济师金融专业组答辩的通知时，我为自己能通过高级经济师初审而感到由衷的高兴，毕竟以前认为这是一件高不可攀的事，如今已成功了一半。但能否通过答辩，自己心里如同"十五个吊桶打水，七上八下"。

行百里者半九十，已经走到了这一步，总不能半途而废吧！想当初，2019 年要是申报了，也许就已经通过了，我为此还有些后悔。2020 年我们单位仍无一人敢申报，后来还是在我的开导下，单位符合条件的四位同事才愿意申报，而且都通过了初审，其中一位同事还免答辩。看来做任何事情都必须充满信心，否则就会错失机遇。要想获得成功，唯有趁此一搏。相信自己，天生我材必有用！

时间一天一天地逼近，赶考的心态难以平静，免不了东打听西打听，盼着至少可以有针对性地做些应对答辩的准备。有人说难，有人说易，各抒己见，众说纷纭，高工高经申报QQ群更是炸开了锅，每天收到申报人员发布的信息不下于100条。但我始终坚信：无论干任何事情，只要有实力，再难也容易！

终于等到3月29日答辩的这一天。为了避免迟到，我提前查看了导航，从家里到答辩地点——成都芙蓉饭店需要27分钟。要求8点半集合点名，为了防止堵车迟到，我计划7点出发，而且为了体现慎重，我着了正装。

早上7点准时出发，由于驾驶员不熟悉路线，走了一段弯路，但没有任何影响，到达答辩地点用了45分钟。就地吃过早饭，来到芙蓉饭店六楼，离集合点名还有半个小时，离正式答辩还有1个小时。

前来参加答辩的人陆陆续续到场，大家你一言我一语，谈论的都是答辩。

有人说："世上无难事，只要肯登攀！别人都能过，难道我不能过？"这是自信心强的表现。

有人说："能不能通过都无所谓，只不过影响退休工资领多领少而已！"这是心态好的表现。

有人说："今年过不了，明年可再来。"这是不服输的表现。

…… ……

从大家的言谈举止来看，并不显得那么紧张，而且很多人都是着的便装。凭着自己多年的工作实践，加之自己对工作和生活的一些总结和思考，我心里多少有底了！

8点半开始点名，查验身份证件。9点过5分答辩正式开始。按照答辩人员顺序，我排在第四位。时间一分一秒地流逝，排在我前面的第一、第二、第三位答辩者均在规定的时间内完成了答辩。随着第三位答辩者的离场，我随即进入答辩场。三位专家一字排开，对面是答辩席。原以为庞大而压抑的场面，瞬间变得简朴而轻松。我舒了一口气，礼节性地打了一声招呼：老师们好！其中一位专家招呼我：坐下。

然后专家开始向我提问：请谈谈您的工作情况。我对自己从参加工作到现在的成长经历，结合取得的一些成绩，分阶段进行了陈述，并介绍了自己的创作成果：一本新闻通讯集《山路十八弯》——见证山区农信社改革发展之路，收录了我大量的调研文章、新闻通讯、人生感悟等，该书曾获得人行成都分行第十六次金融研究成果三等奖，另外还出版了两本散文集。专家说："《山路十八弯》是您的专著，但申报材料里面介绍得不够详尽……看来您还是个文人嘛！"

随后他又向我提了第二个问题：您的论文是《贫困山区

农信社支持劳务输出的启示》，实际工作中，您是如何做的？我罗列了四个要点：一是深入调查摸底，全面掌握信息；二是强化宣传功能，采取舆论引导；三是实施目标管理，推行挂包责任制；四是疏通结算渠道，确保汇路畅通。条理清晰，逻辑严密，娓娓道来。专家说："农民贷款出门打工，打工挣钱又存农信社，这就是一个'双赢'的做法。"看来专家对我的答辩还是比较满意的。

专家最后说："可以了！"离开答辩场，我一身轻松。

人生处处是考场，真金不怕火炼。只要肚里有货，心里就不慌。我心里悬着的那块石头终于落了地。

川中十里白芷香

引　子

　　源自岷山主峰雪宝顶的涪江水，从西北向东南，一路跌跌撞撞、咆哮奔腾，来到江面渐宽、水流趋缓的涪江中游，这里便是遂宁。千百年来，涪江水润泽着遂宁的万亩田畴，滋养着这里的万物生灵。遂宁人祖祖辈辈在这片肥沃的土地上繁衍生息、耕耘劳作。得天独厚的平原台地经涪江水的浸润变得更加饱满丰盈，勤劳智慧的人民毫不愧对大自然给予这块风水宝地的馈赠。他们不仅种植水稻、小麦、油菜、玉米等农作物，而且还种植白芷、麦冬、半夏、香附子等中药材。在历代种药人的精心培植和悉心呵护下，具有 1300 多年历史的遂宁白芷——川白芷，已成为全国现存三大白芷中唯一获得国家市场监督管理总局颁发注册证的白芷，并被国家市场监督管理总局核准使用"国家地理标志保护产品专用标志"。

走进川白芷基地

阳春三月，春意盎然。带着遂宁农商银行对重点农业产业扶持的一份沉甸甸责任，我们踏上了这片神奇的土地。

清晨，太阳从地平线上冉冉升起，穿过薄薄的云雾，照在人身上暖洋洋的。我们从遂宁市区出发，沿涪江而上，源头的雪峰仿佛还未从睡梦中醒来，枯竭的江水低吟浅唱，一路欢歌奔向远方，大片大片裸露的河床在阳光的照射下泛着白光，十分刺眼，岸边的水草和水麻柳郁郁葱葱，透出一股"春风吹又生"的气息，金黄色的油菜花已经收敛起张张笑脸，弯腰低下了高昂的头……驱车20公里，我们便来到船山区唐家乡。成片的田垄间，被地膜覆盖的白芷苗已经破土而出，着急地向上伸展。继续前行两公里，就到了遂宁天地网川白芷产业有限公司，它被大片大片的川白芷基地温柔地怀抱着。在该公司前面的基地上，一块"川白芷中国国家地理标志产品基地"标牌十分醒目。绿油油的白芷间，一群人正在锄草施肥。

走进遂宁天地网川白芷产业有限公司，一股浓浓的白芷香味扑鼻而来，沁人心脾，顿觉神清气爽。握着总经理郑全林那双像松树皮一样粗糙而有力的手，便知道他是一个亲力亲为、吃苦耐劳的人。该公司是一座呈"锄头"型的建筑，如同一把锄头平放在一片偌大的川白芷基地中间，等待人们用它去挖掘。"锄头"一边是一排办公用房，"锄把"一边是川白芷库房和初加工车间，外墙壁上是公司简介、企业文化和"互联网+道地中药材+基地农户"新模式示意图，以及中药材天地网全媒体溯源系统介绍。库房内整袋整袋的白芷堆积成了一座小山，加工车间里工人们正忙着将白芷加工成切片。

参观完库房和初加工车间，郑总经理带我们来到他的会客室。会客室不大但很紧凑，橱柜内白芷标本琳琅满目，墙上悬挂着一块块写着"校企合作""省、市农业产业化龙头企业"的金字招牌和该公司获得的各种荣誉。待我们坐定后，郑全林总经理开始如数家珍地向我们讲述他与川白芷的情缘。

川白芷情缘

白芷，在我国现存最早的药物专著《神农本草经》中被称为"白茝"，它润泽可作面脂，又名"芳香"，是内科、妇科、外科之要药。它能发表、散寒，善治风寒侵犯阳阴引起的头痛。现代医学研究表明，白芷主要有祛风解毒、除湿、通窍、止痛、消肿散结、润肤止痒之功效。

近年来人们又发现白芷在降压、解痉抗癌、治疗白癜风和银屑病等方面卓有功效。在《中国药典》所记载的 458 个成方制剂中，含白芷的有 43 个之多，占近十分之一。现已进入市场的中成药中，有 380 多个含有白芷成分。除药用外，白芷还被广泛用于化工、食品、保健用品等领域。白芷功效奇特，倍受众人的追捧与青睐。

郑全林的祖父郑忠华，曾经是远近闻名的名老中医，擅长接骨连皮，而接骨连皮需要中药材做敷料。在舒筋活络方剂中，白芷是必不可少的药物。为方便就地取材，他在房前屋后种植了大量的中药材，其中就不乏白芷。

其父郑孝光，从小耳濡目染，深受祖父郑忠华的影响，对中药材情有独钟，但他不是学中医，而是另辟蹊径，做起了中药材生意。他一边将收来的白芷运往成都青龙场（成都荷花池中药材市场前身），摆摊销售，一边又从成都运回自行车来，转手买卖。精明能干的他把白芷生意做得风生水起，并从白芷市场上挖得了"第一桶金"。20 世纪 90 年代他家的资产已超过百万元。在当时"让一部分人先富起来，先富带后富"的思想影响下，先富起来的他，决定带领亲戚朋友一起干。他要拉着大家从贫穷的泥潭中走出来！于是他带着老家二十多户亲戚来到成都荷花池中药材市场做起了白芷生意，让大家都从白芷生意中分得了一杯羹。到了 20 世纪 90 年代末期，由于白芷市价大幅下跌，他除了投资 70 万元在成都市郊自建房屋外，家产已所剩无几，加之，两个儿子已长大成人，按照本地的风俗，"树大要分丫，儿大要分家"，他决定将家产一分为三，一人一份，每份分得的白芷按当时的市价仅值 4 万元。小心谨慎的他，随后悄然隐退。

2000 年郑全林大学毕业被分配到一家国企工作，出于对中药材事业的热爱，毅然决定子承父业。他怀揣分得的 4 万元家产，又向信用社申请一笔 4 万元贷款，步入了白芷经营之道。一开始，对于他那样一个戴着眼镜、文质彬彬的书生，别人根本没有放在眼里，认为他一个文弱青年，怎么能把白芷经营好呢？

商场如战场。同行不断排挤他，就连以前随其父从事白芷经营的亲戚，也在背后抢夺他的生意。那个时候，他苦闷到极点，甚至怀疑起自己：能不能养活自己？能不能找到对象？……正当他准备放弃经营的时候，高中时的一位漂亮女同学王艳走进了他的视野。

王艳面容姣好，一笑起来，脸上还有两个大大的酒窝，当时班上追求她的男生不计其数，可她没有任何动心，而是一门心思地学习，后来她考上了一家医学院，毕业后被分配到一家医院工作。

原来她心中早已有人。这个人不是别人，正是郑全林。此时王艳的出现，给了郑全林极大的惊喜，同时也给了他极大的精神鼓励，使他从颓废中振作了起来，两颗炽热的心碰出了爱情的火花。一年过后，他们步入了婚姻的殿堂，王艳也忍痛割爱辞掉了医院工作，专心协助丈夫经营白芷生意。恰好那时郑全林又从《中医药信息研究》杂志上看到了一篇介绍白芷的文章，引起了他浓厚的兴趣，重新点燃了他迷茫的希望。

机会总是青睐那些有准备的人。当时碰巧"王守义十三香"需要100吨白芷，他想尽一切办法，终于凑足了100吨货源，仅凭这一单生意，他就赚了1万多元，从此，他开始对白芷经营有了信心。接着他又陆续接手了第二单、第三单生意。他秉承诚信义利的经商之道，赢得了众多客户的信任，逐步拓展了大批相对稳定的客源，并从中获得了较好的收益，这更坚定了他经营白芷的信心，也为他后来发展白芷事业奠定了基础。

川白芷困局

20世纪90年代，人们种植白芷的激情空前高涨，遂宁白芷的种植达到了高峰期，遍布涪江南北二坝和江中各岛，面积一度达 2 万亩，产量高达 8000 吨。尤其以当时的南强、龙坪一带为盛，那里商贾云集，几乎家家户户都从事白芷种植、收购、加工、销售等买卖。遂宁也成了全国白芷主产区之一。

然而，任何事物的发展都不是一帆风顺的，总会遇到这样那样的困难和挫折，川白芷产业同样是一波三折。

首先，传统白芷种植区主要集中在城市近郊的涪江两岸，随着城市化进程的不断加快，大量临近城区的耕地被征用，而且大面积的河滩地变为蔬菜地，白芷产区面积萎缩到了原来高峰时期的三分之一。其次是生产成本较高，当地农户大多弃种川白芷而发展果蔬等其他农副产品，也有农户靠流转土地收取租金、外出务工来增加收入，只有部分留守的中老年人在家零星地种植川白芷。再次，川白芷品牌逐渐弱化，规模化、规范化种植程度不高，缺乏驰名的加工企业，加工深度不够，加之生产源头混乱，流通市场无序竞争，以次充好，严重损害了川白芷在国内国际市场上的声誉。

回忆往事，倍感心酸，终生难忘。当年郑全林请人收购白芷，商贩却从中做手脚，质量把控不严，将未晾晒干的白芷掺杂其中，导致大量白芷霉烂，损失高达三十多万元。他老婆王艳听到消息后也跟着着急，累坏了身体。

"决不能坐以待毙，让川白芷事业毁在我们这一代人手中！"他暗下决心。

"要使川白芷产业起死回生，只有一靠政策，二靠科技，三靠自身努力。"他冥思苦想，逐渐从零乱的思路中理出头绪。

随后，他一方面四处奔波，向各级党政领导汇报，极力争取将川白芷产业纳入本地重点农业产业发展规划，力求赢得政府推动和政策扶持，提高农户种植白芷的积极性；另一方面他依托遂宁天地网龙头企业，让公司与成都中医药大学、四川农大、四川省中医科学院药植所等科研院所大专院校建立战略联盟，开展川白芷相关系列技术产品研究，提升川白芷的品牌效应。此外，他还研究发展川白芷产业的新模式，经过一段时间的深入思考和科学论证，以"互联网+道地中药材+基地农户"的产业发展新模式应运而生。最后再向遂宁农商银行申请贷款，寻求信贷支持。

思路一变天地宽，郑全林终于感到拨云见日，茅塞顿开。他重振川白芷产业的行动终于走向正轨。

重振川白芷产业

"让老百姓吃上放心的好中药"是郑全林一直追求的目标。

2016年11月，经过深思熟虑和综合考量，他毅然与成都天地网科技有限公司——中国最大的中药材信息平台一起成立了遂宁天地网川白芷产业有限公司。公司秉承"团结、敬业、奉献"的理念，坚持"责任、诚实、专注"的企业精神，致力"行业精英、100%客户满意度"的企业愿景，力求把公司建设成为全国著名的现代农业企业。

他利用现代信息技术和物联网技术，配合完善的产地初加工、仓储等基础设施的支撑，辅以科技和金融配套，对白芷产业进行全面的提档升级。从流转土地种植到建立初加工销售再到全产业链融合的模式，既能保证川白芷的品质，又能保障川白芷的货源供给，还可以发展家乡产业，为老百姓找到一条致富的门路。

公司成立后，他把首个种植基地选在蓬溪县群利镇洪龙村。那是一个典型的贫困村，离蓬溪县七十多公里，与重庆潼南接壤，是遂宁最为偏远的山村之一。该村农户 213 户、人口 614 人，耕地面积 456.8 亩，属三大片区之一的旱片死角，系省定贫困村。

过去的洪龙村"晴天一身灰，雨天一身泥，出门靠双腿，做活靠人耙"，基础设施差、土地小块化、水土流失严重，面临土难平、水难存、人难留的局面，产业发展严重滞后。

艰难方显勇毅，磨砺始得玉成。为了发展白芷产业，郑全林带着技术人员，经常往返于遂宁与洪龙村之间，深入田间地头做示范，指导农户白芷种植。由于道路崎岖，路面坑洼不平，在风里、在雨里、在雾里，他不知摔了多少跤，最严重的一次是他摔倒后，腿被摩托车的排气筒烫伤，无法下地行走。王艳心疼到了极点，她始终陪伴在丈夫郑全林左右。爱人心对心的抚慰使郑全林的烫伤很快好了起来。苦心人，天不负，2017 年洪龙村试种的 3 亩多白芷喜获丰收，平均每亩收入高达 6000 元，远远高于粮食作物的收益，农民看到了希望，种植白芷的积极性大大提高。同时，郑全林采取提供种源和技术，并与农户签订保底收购合同的方式来扩大农户种植白芷的面积。村民蒲远明是该村的特困户，2019 年在郑全林的动员帮扶下，种植白芷 1.9 亩，收入达 9600 元，一举摆脱了贫困。蒲远明梦寐以求的愿望终于实现了，他流下了激动的泪水，感激之情溢于言表："郑老总才是我们致富的带头人，今年杀年猪你一定要到我家来吃刨汤。"短短的一句话，表达了农户对郑全林带农致富的认可。从农户对发展川白芷的质疑、到认可、到全体村民都种植，直至取得成效，个中心酸只有郑全林自己知道……说到这里，郑全林已经泣不成声了。短短的几年内，该村返乡种植白芷的农民工多达65 人，白芷的种植面积扩大到 300 亩，仅此一项，年人均增收达 3000 元。2020 年，该村全面实现了脱贫摘帽。

时光流逝，万事俱备。2019 年 11 月，郑全林又通过多方考察论证，与股东一起投入 1200 万资金，在遂宁市船山区唐家乡余建村建立了川白芷烘干加工中心，购买了最先进的烘干和冷藏设备，力争把遂宁市乃至全川的鲜白芷都集中到这里烘干仓储。到目前，他已发展川白芷规范化种植溯源基地 5000 多亩，流转土地种植白芷 500 亩，建成厂区面积 7000m²，其中仓储区 3000m²、加工区 3000m²，形成了一套完整的初加工体系。

川白芷发展后盾

近年来，国家出台了一系列关于中医药发展的政策和规划，将中医药的发展提升到了国家战略高度。四川省确立了"兴医兴药并举，事业、产业、文化联动，一二三产业协调发展"的中医药发展总体思路，将中药材产业列入省委省政府确定的七个优先发展千亿级产业之一，中医药发展正加速迈入新的发展时期。遂宁市先后制订《遂宁市农业综合开发扶持农业优势特色产业规划》《遂宁市现代农业园区创建工作方案》，明确将川白芷产业发展纳入全市农业发展"十四五"规划，在《船山区唐家乡农业产业强镇建设实施方案》中，对发展川白芷作出了"两平台、三基地、四中心"的产业布局，创新形成了"公司+科研单位+专业合作社+基地农户"

的联农带农模式，建立强有力的保障机制，充分挖掘川白芷的经济效益、生态效益和社会效益。各级领导和专家学者的关心重视为川白芷产业的发展注入了强大的生机与活力，企业面临的诸多困局逐一破解。

企业要发展，资金是保障。长期坚守服务"三农"市场定位，致力于打造"金融支持乡村振兴主力军银行"的遂宁农商银行，把爱播撒在脚下这片充满希望的土地上，在支持重点农业产业发展上下足了"绣花"功夫。他们主动介入，精准对接，深度融入，用心用情用力为川白芷产业发展提供服务，为企业排忧解难。在遂宁天地网川白芷有限公司收购资金紧缺时，他们及时帮助协调农业担保公司担保，为其发放农保贷200万元，缓解了公司的燃眉之急。在公司扩大生产规模，扩建生产车间和添置仓储设施时，他们又主动上门服务，为其量身定做贷款产品，发放小企业信用贷款200万元，并实行优惠利率，极大地降低了企业的融资成本，帮助企业渡过了难关。郑全林逢人便讲："我能有今天的成功，应该感谢党，感谢人民！政府和农商银行就是我们发展产业的坚强后盾！"

尾　声

　　最美人间四月天，我再次来到遂宁川白芷产业基地。翠绿的川白芷已经封行，郑全林夫妇正在基地中忙碌，他指着穿在脚上的保健鞋，骄傲地对我说："这是驰誉科工贸集团有限公司生产的白芷药磁鞋，是他们最近开发的新产品，刚刚投入市场，具有除臭、降血压等功效。前不久，该公司董事长乌力吉亲自前来我公司考察，并与我们签下了 1000 吨的白芷订单。"想不到白芷还能派上这种用场，我为此而感到惊讶！山还是那座山，地已不是那块地。人勤地不懒，遍地白芷香。眼下长势茂盛的川白芷，预示着今年又是一个丰收年！

服务，永远是银行竞争的利器

临近春节，一天中午，"滴……滴……滴……"一阵急促的手机铃声响起，我一看来电号码归属地是本地。"如果不是单位员工的电话，那就一定是客户的电话。"我心里想，随即按下接听键，电话里传来一个熟悉的声音："大姑父，在你们农商银行，公司的钱可不可以存定期?"

虽然多年未曾谋面了，但从她那熟悉的声音和她对我的称呼就可以判断出，她就是那个曾经当过村干部的妻侄儿媳。"可以呀！你过来嘛，我给你推荐一名营业部的工作人员，你去找她，看看有什么合适的产品。"我随即答道。

"我一会儿过来，办完事就到你办公室来拜访你！"她干净利索地回应道。

她，曾经在我工作过的一个乡下辖的一个村任妇女主任，性格泼辣，精明能干，论辈分应是我的妻侄儿媳了。不久前，我听她儿子讲，他大学毕业后就来到这里工作，后来在这里安了家，几年前他的父母也来这边了。在这片举目无亲的土地上，他们算得上是我最亲的亲戚了。

大约下午四点，她来到我办公室。"哎哟！大姑父，你还是那么年轻，做梦都没有想到还能在这里见到你！"她满脸笑意地恭维道。

"哪里……哪里！老了，头发都白完了！"我倒有自知之明，"你们是什么时候到这边来的呢？"我问。

"我要过来得早一些，我丈夫 2018 年才过来。我儿子就住在你们农商银行家属院的。"她答道。

上次跟她儿子见面，听她儿子说过，他就住在这后面。"你们没有住在一起吗？"我问。

"我们两个老的住在 WL 城（小区名）。我现在在 WL 城的物业公司负责财务，所以刚才打电话向你咨询存款的事。我和我的同事刚才在你们营业部把存款的事办了，存了 50 万元定期，我们公司在另外一家银行还有 40 万元活期存款，因为转账要给手续费，所以我们明天去取现金，也把它存在你们行里。"她一向直截了当、快言快语。

"好哇！手续费那都是小事！"我随即答道。

"那家银行服务员的态度差得很，我们每次取款，填个支票这也不对，那也不对，非得按照她们的要求填……"她抱怨道。

"像我们这样的客户，年底了，问她们有啥礼品，她们却拿出一副对联来打发我们，我一见那'红红'（谐音：哄哄、哄人）的东西，把它甩得老远！"她幽默地说。

"看来客户还得根据其贡献度大小区别对待，不然大客户就难以留住。"我心里想。

"还有我们准备在小区内搞个活动，需要送70万元现金到现场装点一下场面，实际只需用30万元，另外40万元还要存回去，为了安全起见，想调用一下她们行里的运钞车，好说歹说她们都不同意。换成你，也不会这样做嘛！"她就像打开了话匣子一样，一股脑儿把苦水往外倒。

"那是，像这些小事，找我们就行了，我们一定会办好！"我自信地说。

对银行来讲，服务永远是竞争的利器。

"我给我们公司的经理说，把钱存到农商银行去，我大姑父在那里当行长，遇到像在小区搞活动这样的小事，他一定会支持我们的，所以我们经理就欣然同意了！"她直言不讳地说。

"感谢你们的支持，今后有什么需要帮助的，尽管告诉我，我们一定为你们服好务！"我向她承诺。

她连连点头应许，口里一边说着"再见"，一边离开了我的办公室。

追梦的外卖小哥

　　初秋的清晨，一层薄薄的云雾笼罩着远处的山峦，道道霞光染红了道路两旁的高大建筑物，空气中弥漫着一股潮湿的味道，疾驰的车流、忙碌的人流如同潮水涌向通德大桥桥头，此时的通德大桥稍显拥堵，车辆、行人缓慢前行。

　　我乘坐的汽车刚上通德大桥，一辆送外卖的摩托车就从右侧经过，骑摩托车的是一位20岁出头的小伙子，他头戴头盔，身着运动服，脚穿运动鞋，一副骑手打扮，身后坐着一位妙龄少女，面戴口罩，双目炯炯有神，瀑布般的秀发和修身得体的服饰使她的身材显得更加颀长，车后则是一个外卖箱。两人窃窃私语，有说有笑，从外卖小哥的面部表情和妙龄少女的眼神中不难看出，他们正回味着昨夜的甜蜜，憧憬着新一天的美好。为了一个个小美好，他们一直不停地在奔跑。

车辆走走停停，不一会儿，我们的车辆追上了那辆摩托车。没想到在借道右拐超车时，却差点撞上了它，隔着玻璃只听见"哇"的一声，就再也没有出声了。我惊出一身冷汗，赶忙朝后视镜一看，摩托车被逼到路边，摇摆了两下便归于平稳，一切安然无恙。我暗自庆幸，幸好没有剐擦到他。两车相安无事，继续前行，外卖小哥和妙龄少女谈兴未减。

很快，那辆外卖摩托车又赶了上来，我以为他会像我这样的"路怒症"，即使不找麻烦，也会骂上两句，否则难解心头之气，然而他却目不斜视、谈笑风生地从旁边驶过，就像什么事都没有发生过一样。我目不转睛地看着他渐渐远去背影，直至消失在茫茫人海中。

岁月磨平棱角，职业历练心态。一年四季，春夏秋冬，外卖小哥不分白天黑夜，风里来，雨里去，为的是争分夺秒，准时把外卖送到目的地，不耽误一张订单，不遭受一次投诉。途中遇到各种各样的情况比比皆是，如果没有超常的耐心和容忍度，遇事都斤斤计较，得理不饶人，那样就会既误时又误事，送外卖的职业就难以为继。所以他们才能够不受外界影响，排除一切干扰，心无旁骛，完成自己的工作。原来他们的良好心态就是长期在这样纷繁复杂的环境中磨炼而成的。

放宽胸襟，包容万物；追梦路上，勇毅前行。无论身处何方，或者从事何种职业，只要心中充满阳光，梦想就会散发出绚丽的光芒！

你看，街头那一辆辆疾驰的汽车、一个个奔跑的身影，不正是中国式现代化建设征程上的一道道亮丽风景吗?!

幸福海龙村

乡村振兴不是梦，是希望，是奋斗，是幸福。

——题记

"海龙村开街啦!" 五一节前夕，海龙村开街的消息不胫而走。

海龙村，是四川省遂宁市安居区常理镇辖内的一个小山村，一个小得在中国地图上无法标注的村落。20 世纪 70 年代这里曾因大办沼气而全国闻名，而今却又成了人们乡村旅游的首选地。是什么力量推动它一举成为乡村振兴的样板呢? 那里老百姓的生活到底如何呢? 会不会又是一个传说? 带着连串的问题，我决定前往海龙村一探究竟。

立夏过后，蜀中大地，艳阳高照，气温陡然飙升了十几度。汽车在弯弯曲曲的乡村公路上颠簸。我望着窗外绿色的小山包和成片的大豆、莲藕、稻鱼共生、耙耙柑基地，思绪随着车身的晃动在飘忽不定，脑海里不时地闪现着几个月前海龙村的情景：一座座民房零散地分布在山村的旮旮旯旯，撂荒的田野间杂草足足有人高，路上的车辆和行人屈指可数……

快到海龙村时，车子突然慢了下来，我的思绪瞬间被拉回到现实中。从车窗内探出头来，来往的车辆像排成的两条"长龙"在慢慢向前蠕动，两个能停放近 100 辆汽车的停车场早已挤得水泄不通。短短几个月时间，这个像聚宝盆一样的村落增添了不少标志性建筑和设施，4 个村民聚居点拔地而起，各类产业星罗棋布。村内道路四通八达，游人如织，各个路口均有工作人员值守，有序地引导分流着进出的车辆和人流。海龙村翻天覆地的变化完全颠覆了我的认知，我被眼前的景象震撼，不禁发出了这样的感叹：世上无难事，只怕有心人，不怕做不到，只怕想不到！

按照先前约定，我们来到位于老街大礼堂右侧的新华书店。新华书店门前的街面铺设还没有完工，工人们正在忙碌，书店门楣上"新华书店"四个毛体大字格外醒目，先前邀约的采访对象——村民卢世成已经等候在那里。走进新华书店，书架上各种书籍琳琅满目，令人目不暇接，我们找了一个僻静的角落坐了下来，几杯热茶送上桌，这位老人带我们慢慢

"走进"了历史上的凯歌公社二大队（今海龙村）。

上篇：往事如烟

一桩桩往事："贫穷"——像大山一样沉重

20 世纪六七十年代，那时的遂宁县横山区凯歌公社二大队就是现在的海龙村。当时的凯歌公社二大队辖区面积 26.15 平方公里，辖 10 个生产队，农户 315 户，人口 1900 多人。同全国绝大多数乡村一样，在时代大背景和集体大生产条件下，生产方式原始，且生产力落后，贫穷是当地老百姓无法摆脱的魔咒。

往事之一：那时的老百姓"穷"。一见面，身材瘦小、身板硬朗的村民卢世成就自报家门，他今年七十八岁，青光眼看不清东西。一提到当年的生活，心酸的往事立刻涌上心头，仿佛有不吐不快的感觉。那个时候太造孽（方言，"穷"的意思）了，吃莫得吃的，烧莫得烧的，照（明）莫得照的。当时有一段流行的顺口溜就是那时村里人生活的真实写照：分粮凭工分，救济靠返销，烧饭拣煤渣，点灯拉油膏。吃了上顿没下顿，甚至有时不得不靠高粱秆和树皮来充饥，还美其名曰"忆苦思甜"！令他记忆最深刻的 件事，是当时的革委会副主任当着社员的面吃高粱秆，他一边吃一边说，真好吃！在场的社员只好咬着牙，跟着吃起来。幸好后来国家政策好，土地下户了，除了忙完地里的活儿，他还凭着石匠的手艺和打沼气的技术找点零花钱，含辛茹苦地将三个孩子养大成人，帮他们成家立业。后来日子慢慢好了起来，过去连做梦都想不到能有今天这样的幸福生活，照这样发展下去，今后的日子还会更好。说到这里，他干瘪的脸上露出了幸福的笑容。

往事之二：那时的基层干部"苦"。姗姗来迟的老支书锐尚学，今年已经七十一岁了，高挑微驼的身材，古铜色的脸上架着一副老花眼镜。他当了二十多年的大队（村）干部，谈及当年当干部的经历，口中只有一个字：苦！在那个贫穷落后的年代，基层干部不仅要组织搞好农业生产，而且还要平息和解决邻里纠纷。邻里之间常常为一些鸡毛蒜皮的小事闹得不可开交，甚至有时大打出手。杨、熊两家的矛盾就是典型的例子。两家的自留地挨边接连，熊家地里拔出的杂草扔到了杨家的地边上，强势的杨家女主人不仅破口大骂，而且将熊家的男主人追撵进了家门。忍无可忍的熊家男主人拿起自家的粪舀子扣到杨家女主人的头上，由于出手过重，把杨家女主人打得头破血流，不得不送进医院。还有更滑稽可笑的事，自家的小猪仔死了，硬说是邻居下药毒死的，两家的鸡放养混在了一起，硬说别人家的鸡是自己家的……类似这样的事情比比皆是，谁是谁非，叫当干部的如何来断？此所谓"民不足而可治者，自古及今，未之尝闻"也。好在现在大家都富裕了，左右邻舍不会再为这些小事斤斤计较了，基层干部也少了许多麻烦。

往事之三：那时的信用社做业务"难"。经济落后直接影响到信用社业务的发展。一方面老百姓很少有多余的钱用来储蓄，另一方面老百姓除了购买生猪、种子、化肥、农药、口粮、治病等生产生活需要少量贷款外，就再也没有别的资金需求了。那时的信用社点钞、记账全手工，草鞋、背包两件宝，天晴下雨田埂跑。据凯歌信用社老同志讲，信用社干部除了逢场天在场镇办理业务外，其余时间就是包村驻点，抓革命，促生产，信用社业务发展极为缓慢。直到1970年末，凯歌公社信用社存贷款余额仍不足10万元。如今保存下来的一张张单据、一份份账表、一期期简报就是最好的见证。

一口老沼气："梦想"——像蓝焰一样闪耀

物竞大择，适者生存，自然界无时无刻不强调着这样一条优胜劣汰的生存法则。海龙村，地处四川盆地中部，属丘陵低山地带，特殊的地理位置和资源禀赋，铸就了这里的人们包容和谐的性格和敢为人先的精神，千百年来他们总是在不断用自己的智慧和力量征服和改变着自然。面对缺柴少禾的生活条件，他们绞尽脑汁，一直在努力地寻找着一种既可以替代柴火烧饭，又可以替代煤油点灯的东西。这种神秘的东西就是沼气，也就是海龙村人的"蓝焰之梦"。

沼气之梦。20世纪60年代末、70年代初，海龙村人煮饭没有柴烧，照明没有电灯，资源极度匮乏，一直困扰着人们的生产生活。而当时家家户户都在养猪养牛，最不缺的就是牲畜的粪便，如果能将牲畜的粪便合理利用，变废为宝，既蓄能又环保，岂不一举几得？当时的横山区革委会主任夏群贤便萌生了建沼气的想法，他要成为为众人抱薪者和第一个吃螃蟹的人。可是人才、技术、资金又从哪里来呢？一连串的问题困扰着他，经过一番深思熟虑，他决定组织人力、就地取材、土法上马，摸着石头过河，先试点摸索经验，成功之后再推广。

蓝焰之梦。万事开头难。建沼气池是一件破天荒的事，当时在全国还没有先例，这方面技术也是一片空白，只有通过当时"学习班"中的知识分子一次又一次的试验去摸索。开始他们用40×20cm的石条做了一个方形的沼气池。由于水泥紧缺，他们就用白灰和河沙填补缝隙，内壁才用水泥灰浆涂抹一层防止漏气，并集中了集体养猪场的猪粪。结果由于气压过大，竟把沼气池的盖子掀翻了。后来他们又通过反复试验，发现必须要有气压表，每立方需要多大气压，必须要在可控的范围之内。村里没有气压表，他们就用胶管的水位差来代替，经过多次试水，他们把胶管的水位差确定在 100 厘米以内。两个月时间过去了，他们攻克了建筑学、物理学、化学等学科中的技术难题，第一口沼气池终于试验成功。见到了蓝色的火焰，当时在场的群众异口同声地说："好安逸哟！"开初，他们用沼气煮饭，嗅一嗅，看看有没有臭味；接着又用沼气照明排练节目、放电影，吸引了四面八方的老百姓前来观看。海龙村人的蓝焰之梦变为了现实，一时间整个海龙村沸腾了。据卢世成回忆，历史学家到海龙村来调查沼气历史时作出了这样的评价：中国的沼气在四川，四川的沼气在遂宁，遂宁的沼气在横山，卢世成是中国沼气的发明者、创造者，是中国沼气建设的元老。

燎原之梦。星星之火，可以燎原。1970 年 8 月，凯歌公社二大队（今海龙村）成功打出遂宁第一口沼气池，那熊熊燃烧的蓝色火焰给海龙村带来了光明，带来了希望，也带来了幸福。后来，他们又对沼气池进行了改良，将方形池改为了圆形池，将砌沼气池用的石条改为了砖头大小的石块，建成一口沼气池的时间也大大缩短。他们率先在横山区和遂宁县进行推广，一口口沼气池如雨后春笋般在遂宁的土地上冒了出来。时任四川省委书记、"中国沼气之父"杨超到横山视察时说："沼气建设大有可为！"1974年，《四川日报》以《四川省许多社队采用土法制取和利用沼气》为题，报道了遂宁开发利用沼气的情况。此后，曾有陕西延安知青考察团等十多个省、市代表团到这里现场学习。不仅如此，卢世成等人还带队到四川江津、陕西延安等地区建沼气池，遂宁沼气走向了全国，走向了世界。1978年8月，卢世成还获得了四川省科研成果三等奖。

下篇：共富之梦

一幅新画卷："幸福"——像花儿一样美丽

看得见山，望得见水，记得住乡愁，是海龙村人对美丽乡村建设的憧憬和向往，而乡村振兴则是他们实现这一愿望的载体和抓手。遂宁市安居区委、区政府把海龙村作为以文化振兴带动五大振兴的首选地和最佳地，开发"凯歌公社1974"项目，示范带动全区各镇加快推进乡村全面振兴。该项目以海龙村为中心，辐射周边7个村，总面积26.15平方公里，以沼气文化和公社文化为主线，再现了20世纪六七十年代海龙人的生产生活，将文农旅深度融合，设置沉浸式体验项目，结合海龙村推进实施乡村振兴的实践历程，展示海龙村乡村振兴的丰硕成果，努力朝着乡村振兴全市标杆村、全省示范村、全国品牌村的目标奋进。他们采取高起点规划，高标准设计，组团式推进，由此拉开了海龙村实施乡村振兴的大幕。经过280多个日日夜夜的苦战，一幅美丽的乡村画卷呈现在了人们眼前。

第一个组团：共富之园

我们在导游的引导下首先来到第一个组团——共富之园。进入园内，我被眼前的变化惊呆了。去年6月，我们来到这里时还是一片荒草地和小山包，如今已被游客中心和凯歌高台所取代。

看点之一：游客中心。这个占地805平方米的游客中心，里面设有接待大厅、警务室、母婴室、特色商品展销中心，最吸引眼球的是那面以公社时期的堂屋为创意元素的文创墙。伫立墙前，心潮起伏，仿佛回到了曾经那桑田美池、鸡犬相闻、炊烟缭绕的乡村生活。

游客中心外面的广场上是一些大大小小的雕塑，展示的是党带领人民探索实践共同富裕的艰苦奋斗历程。这些承载历史和现实的雕塑，凸显出在实现共同富裕道路上乡村振兴的重要性。

看点之二：凯歌高台。我们从雕塑广场沿文化展廊前行

50 米来到项目核心处最佳观景点——凯歌高台。此时，一个参观团队正在那里列队引吭高唱《国际歌》，悠扬的歌声在高台上空久久回荡。凯歌高台分为上、下两层。下层布置有美术馆和咖啡馆。美术馆也是四川美院的写生体验基地，面积 280 平方米，分为展示区和创作区。展示区可供书画艺术家展销艺术作品，开园时展陈了遂宁籍书法家、收藏家刘西明老师的作品和藏品，字、画、工艺品等共计 200 余件，题材涉及乡村振兴、非遗记忆、家国大义等诸多方面，其中不乏张大千、郑板桥的画作；创作区可供书画爱好者、研学团队现场执笔创作。美术馆的设立既为海龙村增添了一道靓丽的风景，又为它注入了无穷的文化魅力。

看点之三：产业规划。登上上层凯歌高台，可一览核心区美景，特别是产业布局。去年以来，安居区委、区政府遵照原遂宁市委书记李江提出的"三园五化"要求，邀请专家查看土质，按照"试点种植，宜种则种"的原则，不仅种植有油葵油菜、稻谷、高粱、黄桃脆桃等优质农产品，而且在该村全面开展撂荒地整治，集中 16000 亩田地进行大规模、专业化种植。目前已建成宜机化高标准农田 205 亩，采用彩色油菜、油葵轮种，中间间种中国红、一串红等，布局了"绿色低碳""凯歌公社 1974""共同富裕""稻田画"等文字、图案，形成的大地景观尽收眼底，蔚为壮观。同时，利用旁边的耕地，因地制宜引进了特殊品种——油用向日葵。每年3月份开始育苗，4月份进行移栽，5、6月份就能绽放出金灿灿的"小太阳"。可持续观赏1个月。成片的向日葵向阳而开，不仅场面震撼、美观，而且产油量极高，每亩能产干油葵籽200公斤，产值可达50万元。油葵收获后，再种植优质油菜，可辐射带动全区种植油菜22万亩，同时还培育了辛农民等油菜生产、加工龙头企业。遂宁农商银行紧紧扭住产业振兴这个"牛鼻子"，积极主动跟踪服务，采取"党建+金融""政务+金融""产业链+金融"和"金融顾问"等服务模式，量身定做了"幸福凯歌贷""遂商贷""创业贷"等特色贷款产品，助推海龙村一、二、三产业融合发展，助力乡村振兴。

看点之四：燎原塔。眼前的"燎原塔"是"凯歌公社1974"项目的标志性建筑，它的顶端是象征沼气的蓝色火焰。那火焰，与游客中心相对高差19.74米，寓意凯歌公社在1974年走上沼气发展巅峰，奏响了一曲沼气发展的胜利凯歌。

看点之五：组团布局。从凯歌高台沿阶而下，目光所及的范围内真是美不胜收：左前方区域是第二大组团——"凯歌公社"，设计者通过氛围营造、场景还原、沉浸体验的方式再现了20世纪六七十年代凯歌人的生产生活，可谓匠心独运。右前方区域是第三大组团——"幸福乡村"，主要布局有海龙村的农业产业和设置的农旅融合项目，展示海龙村乡村振兴成果，以及海龙村幸福乡村新貌。从整体布局来看，三个组团形成三足鼎立之势，相互映衬，相得益彰。站在半山腰，放眼望去，第三大组团的旁边还建有有两个主题民宿区——湖畔民宿和太空舱民宿。"住在这样的民宿里，夜晚可以数星星、听蛙鸣，好不惬意！"我在脑海里极力搜寻着童年时期乡村生活的那种感觉。

"你们看，那是南山人家，是专门为村民打造新居所。"我们顺着导游手指的方向望去，白墙黑瓦的新居鳞次栉比，在阳光的照射下熠熠生辉。据导游介绍，幸福乡村组团第二期，还规划了星空营地、房车营地、鱼虾田趣、稻田迷宫、龙翔书院、稻田学校等农文旅融合沉浸式体验项目。

新居对面是大片桃林、农田、水塘，春天桃花漫山，夏季鲜桃满枝，这就是海龙村的幸福新田园，也是陶渊明笔下"采菊东篱下，悠然见南山"的诗意田园，更是"让安居更安全、让安居更安居、让安居更安逸"的海龙实践。听随行的同事讲，那里还引进了一个业态——星湖咖啡厅，可让游客置身于田园风光中细品咖啡、小憩喝茶，还可以开展亲子阅读。

俯视前面的池、塘、湖，里面种植的全是莲藕，直径大约三十厘米的荷叶，浮在水面上，呈小荷才露尖尖角之态。"遂宁莲藕是全市'3+3+3'特色优势农产品体系之一，也是海龙村另一大特色农业产业。目前已种植优质莲藕1000亩，辐射遂宁莲藕园区种植面积达到3万亩。我们通过校研合作，在这里建成了西南最大的莲藕繁育中心、生产园区和加工基地，也是遂宁莲藕园区品种选育基地和观赏展示基地。"陪同我们的安居区农村农业局的同志如数家珍，使我情不自禁地吟出了南宋诗人杨万里《晓出净慈寺送林子方》中的"接天莲叶无穷碧，映日荷花别样红"。

来到山下的初心广场，这里还原了原公社时期晒坝的场景，靠山的墙面上"不忘初心，牢记使命"八个大字时刻提醒着海龙村人：实现了共同富裕，也不能忘中国共产党的恩情。

眼前就是海龙湖，是20世纪六七十年代修的水库。据海龙村的老人们讲，1962年，为解决凯歌公社及周边一万多人农业生产及生活用水，横山区规划建设了这个水库。当时没有现代化的机械，一千多名社员群众不计报酬，自带简单的农具粮食，吃住在工地，肩挑背磨，连续奋战一年多，建起了这个库容近3万方的水库，并起名海龙湖，从那时开始它就哺育着一代代海龙人。海龙湖上停泊着一艘小船——凯歌号，此时不少游客正在船上合影留念。

我们坐上观光车沿着湖边一路前行，湖水波光粼粼，像被揉皱了的丝绸，岸边的钓鱼台，不时可见一些钓鱼爱好者支着钓竿，神情专注地盯着浮漂，仿佛置身于无人之境。

第二个组团：凯歌公社

乘车来到"凯哥公社"组团，呈现在我们面前的是老街记忆区和沼气遗址核心区。复原后的老街活灵活现，重新唤醒了我们对历史的记忆。

记忆之一：凯歌信用社。20世纪50年代，由凯歌公社社员集资入股组成凯歌信用社，担负着为当地居民提供货币资金融通的重要职责。建社70年来，一代又一代农信人发扬"草鞋精神"和"背包银行"作风，走村串户，服务"三农"和中小微企业，始终保持"三铁"（铁账本、铁算盘、铁规章）信誉，赢得了人民群众的广泛赞誉，成了当之无愧的农村金融主力军银行。走进复原后的凯歌信用社，曾经的柜面营业区、历史文物和发展历程展陈区、蜀信e惠生活区展现在眼前，历史与现实的完美融合彰显出农信社主力军银行的价值。

记忆之二：凯歌供销社。海龙村按照20世纪70年代凯歌公社供销社的原貌复建了供销社，展陈老物件及出售日用生活品、特色文创产品，不仅方便了周围群众的生活，也为游客提供了有情怀、有特色的购物体验。供销合作社从成立到现在，在近 70 年的光辉岁月中，培育了辉煌、独特的"扁担精神"和"背篓精神"。正是这些崇高的精神，影响和激励着一代又一代供销人在艰苦的工作环境中克服重重困难，砥砺奋进。

记忆之三：凯歌新华书店。这里也是海龙村的文化服务站。书店内展销的书籍也凸显了本地特色，包括党史类，沼气文化、公社文化类，农业产业类等，店内设置有读书区，可在此举办读书分享、知识竞答、朗读比赛等活动。凯歌农旅公司已将把这里打造成一个研学基地，经常在这里组织开展研学活动。

记忆之四：凯歌公社大礼堂。过去几乎全国每一个公社都有一个这样的大礼堂，是开会学习、总结表彰、文艺联欢等各种活动的举办地，是神圣而又充满仪式感的地方。如今，凯歌公社大礼堂，是党员干部培训、中小学生爱国主义教育及乡村振兴理论研学的重要平台，也是海龙村乡村春晚的舞台。目前由安居区文旅局牵头组织创作了《凯歌记忆》音乐剧，通过情景再现的方式生动地讲述了海龙村探索出沼气能源革命生态发展之路的故事。

记忆之五：农耕文化馆和非遗手工坊。这个承载着农耕文化和节气文化的农耕文化馆，以"展现农业特色，传承农耕文化"为主题，具有农耕文化传承、科普教育、休闲体验等主要功能，以二十四节气为时间节点，介绍每个节气的气候特征和对应的农事活动及劳动工具，体验劳动工具的使用方法（如风车、打谷机等），每一件农耕器具设计简单，精巧实用，可以从中感受到祖辈的生存劳作状态和勤劳智慧。文化馆设有特色商品展销区和体验区，游客可以进行动手实践与互动。非遗工艺坊，是一个以文化保护、培训传承、旅游参观、研学旅游为核心功能，以会议活动、工艺品销售、休闲为辅助功能，构建多元开放、互渗共融与动态生成的具有强劲内容和产业核心竞争力的基地。

在老街，还有铁匠铺、棉花坊等文旅类业态，同时还引进了大安舒牛肉、西眉油酥、白马香猪蹄等本地特色小吃。

穿过老街来到沼气遗址核心区，这个传统的卢家院子，按照"修旧如旧"的原则进行了维护和翻新，仍然保持了20世纪六七十年代的风格。区域内共有12口沼气池遗址，每家每户都配备了一口。为了充分盘活闲置农房资源，凯歌农旅公司以5000~8000元不等的价格租赁村民闲置农房，用于布置业态。为了方便支付结算，遂宁农商银行为每家每户都安装了蜀信 e. 惠支付。

业态之一：校园文创公社。房屋是石木结构，建筑面积120余平方米，按20世纪六七十年代风格布置得简洁、古朴、典雅，分为展示区、售卖区、体验区三部分。现在手工坊陈列、售卖的手工品均由全区师生、手工艺人制作，创意独特、做工精美、种类繁多，有较高的艺术价值，涉及刺绣、泥塑、石头画、钉子画、线艺、布艺、纸艺等廿余类，展示了师生的独特创意和精巧制作。体验区分为益智鲁班锁区、涂色区、拓染区、洛铁画创作区四个区域，充分考虑游客喜好，材料丰富，简单易操作，成品美观实用，易使游客达到静心创作、以品养心、以品修心的境界。

业态之二：谢婆婆特色小吃。主要经营谢婆婆凉粉凉面。谢婆婆凉粉就是脸盆状的凉粉，用小碗装起来按碗数来卖。游客坐院坝里的核桃树下，吃着谢婆婆家祖传的凉粉凉面，望得见对面的青山、看得见眼前的水车，听得见蛙鸣池里的蛙声，闻得出稻花香里的丰年，想得出劳累了一天的老黄牛在牛滚凼打滚小憩，在田园牧歌声中记住浓浓的乡愁。

业态之三：兴业杂货铺。横山镇的肢体四级残疾人莫兴，在残联的帮扶和家人的支持下，办起了这个杂货铺，主要经营生活用品和卖盒饭。开业两个多月，莫兴及其家人每天起早贪黑，诚信经营，每天营业额达 1500 余元。莫兴积极乐观的心态和自立自强的决心，终于走上了致富道路。

业态之四："沼气"人家。户主卢小平一家 4 人口常年在外，将房屋出租给了村委会。沼气人家用其房屋还原了 20 世纪 70 年代村民的生产、生活场景，屋内沼气灯、沼气灶连接着室外的老沼气池。我们走进屋内，沼气灶的火苗正发出呼啦啦的声响，灶上正煮着热气腾腾的食物，锅内升腾起一团白色的气雾。导游打开沼气灯，屋内顿时灯火通明，满满的怀旧感和体验感油然而生。

业态之五：军哥乡茶。主要经营以荷叶、蒲公英、鱼腥草、藿香等为原料的大碗土茶，泡茶之水为天然井水，并采用农村大铁锅和柴火烧制，茶色浑厚，茶汤天然醇香，味美甘甜，沁人心脾。这位豪爽仗义的军哥老远看见我就开始打招呼，而且准确地叫出了我的姓氏和称谓，我也觉得似曾相识，却始终回忆不起在哪里见过他。扑面而来的热情和茶香的诱惑，我早就抵挡不住了，坐下来，呷上一口，渗透五脏六腑，那才叫个"爽"！

业态之六：卢记鸡汤抄手。返乡创业的卢红春专程到雅安天全县的桥头堡学习餐饮，学成回来后利用家中老宅，开办了以鸡汤抄手为主的特色小吃店。同时，他还结合地方实际，在不同季节选用荷叶开发了荷叶稀饭等特色食品，饱含浓浓的乡村气息。仅开业一个月，营业收入就达5万元。

在沼气池遗址核心区还设有沼气池陈列馆。陈列馆分为"沼"花夕拾、"沼"气蓬勃、"沼"财进宝、花枝"沼"展、还看今"沼"等五个部分，以图文并茂的形式记录了沼气产业发展的整个历程和取得的丰硕成果："土法沼气"让农村"亮起来";"现代沼气"让农村"富起来";"大型沼气"让农村"美起来"的同时，实现低碳赋能，共同富裕。实践证明，加快发展农村沼气事业，既符合发展绿色经济、建设资源节约型社会的要求，又有力推动了社会主义新农村建设。

沼气池陈列馆前面是海龙村航天育种蔬菜基地，占地2600平方米，这些从太空"旅游"回来的蔬菜种子，长得又快又大，据说一个南瓜可以长到一两百斤。这个基地种植了太空番茄、太空辣椒等航天蔬菜品种50多个，我们满心期待它的精彩呈现。

第三个组团：幸福乡村

绿水青山就是金山银山，改善生态环境就是发展生产力。海龙村切实贯彻"两山理论"，抓住生态振兴这个根本，推动绿色发展。

画面之一：一幅田园牧歌图。海龙村按照遂宁市农村环境整治的要求，实施"降碳节能行动、蓝天提升行动、碧水攻坚行动、净土保卫行动、环境守护行动"等五大行动，推动空气质量、地表水质量和土壤管控方面的提升晋位。农村卫生厕所普及率、生活垃圾处理率达到95%；生活污水通过"集中处理+分散处理"模式，确保水质达标；养殖废弃物、秸秆综合利用率达到95%以上。曾经的茅屋草舍、断壁残垣早已不见踪影，成片的产业基地规范有序，田间的农作物正拔节生长，地头的蔬菜娇嫩欲滴，颗颗果树缀满果实……行走在海龙村的乡间小路上，如同走进了一个瓜果飘香的大观园。

画面之二：一幅乡村水墨画。海龙村以提升森林质量为目标，营造彩叶林基地200余亩，栽种"华夏红"红叶黄连木等林木1.6万余株，昔日光秃秃的山梁披上了绿装。建立"华夏红"红叶黄连木苗木基地30余亩，培育幼苗3800余株，并获得了四川省林业厅颁发的林木良种证书。"华夏红"连木，叶子四季三色，春季叶子呈现暗红色，夏季一片葱绿，秋冬之交，整个树冠火红一片，吸引了一批又一批游客前来观赏。据测算，海龙村负氧离子平均浓度达7000个/立方厘米，远超"非常清新空气"标准。2021年2月，海龙村荣获"省级乡村旅游重点村""四川生态宜居名村"等荣誉称号。海龙村的天更蓝了，山更绿了，水更清了……走着走着，不经意间，一只野鸡"噗嗤"一声从密林深处飞了出来，飞向了远方。

画面之三：一幅凯歌奋进图。海龙村党总支采取跨行业、跨村、跨镇联建方式，通过组织振兴引领乡村振兴。遂宁农商银行安居支行党总支与海龙村党总支组建金融服务乡村振兴党委；常理镇5个村党组织与横山镇的2个村党组织组建海龙联村党委；打破县域，海龙联村与蓬溪县拱市联村党委组建全市首个跨区域"同心共振"红色党建联盟。通过阵地联建、活动联抓、资源联享、发展联动、管理联促等方式，发挥党建在乡村振兴工作中的引领作用，党组织的战斗堡垒作用和党员的先锋模范作用得到了充分彰显。2022年3月，海龙村荣获"四川省5A级先进村党组织"荣誉称号。

蓝焰闪耀，凯歌高奏。海龙村通过实施"凯歌公社1974"项目，整体化运营、景区化管理、市场化运作，实现公司、村集体、村民三方共赢局面。2022年，海龙村集体经济收入将突破100万元，进入全市第一方阵，凯歌公社其余村集体经济收入也达到80万元。农民通过流转土地、入股分红、集体分配、劳务服务、政策奖补等多种渠道获得收入。去年海龙村人均收入由过去的8000元提高到了2万多元，2022年1—3月人均可支配收入达到8035元，高于全区平均水平52%以上。

奋进新时代，开创新局面。在实现第二个百年奋斗目标的新征程上，海龙村将继续筑梦希望的田野，牢牢把握共同富裕的航向，夯实共同富裕的根基，铺筑共同富裕的阶梯，奋力蹚出一条共同富裕的康庄大道来。

重返篮球场

最近单位要举办职工运动会，在单位同事的极力鼓动下，我决定参加篮球比赛。一方面希望能重新点燃自己参加体育锻炼的激情，另一方面期待能形成浓厚的集体运动氛围。

作为一名篮球业余爱好者，我离开篮球场的拼搏厮杀将近二十年了，加之长期疏于锻炼，体重也一下子飙升了三十斤，篮球早就不是我们这些大龄"青年"玩的游戏了。要重返篮球场，无论从体能上，还是从心理上，对我来说都是一场严峻的考验和挑战。

朋友听说我要参加篮球赛，关切地劝慰道："您要悠着点，不要用力过猛，就把它当成锻炼身体，千万别进行高强度对抗！"这种大实话令我十分感动，毕竟专业运动员打到三十五岁左右就不再打了，更何况像我这样一个年过半百的大龄业余爱好者呢！

比赛时间定在 8 月 25 日上午八点半。时令已是秋季，但全国大部分地区出现了极端高温天气，地处四川盆地底部的遂宁市也不例外，连续多日气温都保持在 40 摄氏度以上。早上六点半，我就被闹钟唤醒。一骨碌翻身下床，一番洗漱和整理装备之后，走出了空调房，顿时巷道里一股热浪扑面而来，我心里打了个咯噔：在这样的气温下参加比赛，我能不能吃得消？

出门跟参加比赛的同事一起吃过早饭，就匆匆赶往赛地。刚好八点，我们便来到了四川职业技术学院篮球馆。莫道君行早，更有早行人。一些前来观赛的同志已经等候在篮球馆门口。

偌大的篮球馆，由于节能限电，密闭的空间就像一个大蒸笼。稍稍一动，汗液就从每个毛孔流出来，全身上下如同洗淋浴一般。参赛的同事们认真地做着赛前热身，我也毫不犹豫地加入其中，寻找运球的手感，练习中、远距离投篮，三步持球上篮……曾经扎实的篮球功底帮我慢慢找回了状态，重拾了信心。

八点半，机关队和基层联队的比赛正式开始。我作为机关队的首发阵容被派上场，对于同事们这种信任与谦让式的"赶鸭子上架"更不好拒绝，同时我也深知"舞台再大，如果不上台表演，就永远是个观众"，所以只好硬着头皮上。前三个回合，双方攻防转换的速度相当快，防守也比较到位，双方打得难解难分，互不得分。到了第四个回合，基层联队的 7 号高个子球员在篮下接队友的一记长传，凭借自己的身高优势，投篮命中得分，打破了场上的僵局，顿时场外的口哨声、喝彩声和掌声响成一片。我方也不甘示弱，发出底线球后快速向前场推进，13 号球员凭借自己娴熟的球技突破上篮得分。接下来，双方你来我往，比赛渐入佳境，2 分、3 分投开了花，比分交替上升。作为控球后卫的我，也有两次绝佳投篮得分的机会，但每次三大步上篮到了最后一步，体力便消耗殆尽，结果都投了"三不沾"。这也使我深刻领悟到"行百里者半九十"的道理。到后来，我几乎上气不接下气，供氧不足、心跳加速，头重脚轻，几次都想示意裁判把我换下场，但信念让我最终战胜了自己，坚持到第一节比赛结束，机关队以 4 分落后。

第二节、第三节我请求暂时休息，养精蓄锐，等到第四节上场再战。我在场下一边观战，为场上队员摇旗呐喊，一边补充水分，短短二十分钟，足足灌下了两瓶矿泉水。第三节比赛结束，双方的比分差距拉大到了 12 分。

第四节比赛开始，我再次披挂上阵。两个回合下来，我的双腿像灌了铅似的，完全靠"永不言败，不胜不休"的血性支撑着，在场上挪动着发福的身体。两次投篮后的后坐力使我两次摔倒在场上，膝盖被磨破了皮，但我仍未放弃。此时此刻我早就把朋友的劝告抛之脑后，而是玩命地要"豁出去"，直至比赛结束，最后机关队以 14 分惜败。

像这样的职工运动会，输赢并不重要，过程远远重过结果。过程就像一块"磨刀石"，它磨炼的是精神，是意志，是体魄。只有拥有健康的体魄，才能承担起工作的重任，才会有蒸蒸日上、兴旺发达的事业。

惜　缘

惜缘，就是珍惜得来的每一份天赐的缘分。人也罢，事也罢，珍惜缘分，就是珍惜拥有、珍惜当下、珍惜人生。

一

世间万物皆有缘，与文结缘更相惜。

我与文学结缘，准确地说，最初是与文字结缘，还是从我读初中的时候开始的。那个时候，我父亲是小学语文教师，每个周末回家，他都会将一叠厚厚的小学生作文本交给我共同审阅。我这颗破土而出的幼苗就这样在父亲不经意的培育下暗自生长。正好那时恰逢我的语文老师也是一名文学爱好者，他的一篇散文《油桐花开》还在《四川日报》的副刊上发表。当他捧着散发着油墨香的报纸，读给全班同学听时，可以看得出来他那份高兴劲儿，毕竟在省级党报上发表文章不是一件容易的事……老师开始有意识地在我们幼小的心灵中植入文学梦。再后来我们在学习课文《泰山极顶》时，老师给我们出了一个命题作文《登阴灵山》。我模仿《泰山极顶》中的写作手法，在文中穿插了一段景物描写，得到了老师的表扬，使我对奇妙的文字组合产生了浓厚的兴趣。

参加工作后，我的文凭在单位算是比较高的了，无论在哪个机构工作，每年的工作总结基本都由我包揽，不过当时写出来的东西只能算勉强过得去。而在1994年，时任营业所主任的那篇题为《实施"百千万" 发展农村金融》的年度工作总结，使我眼前一亮，那些鲜活跳动的文字，令人心潮澎湃的豪情，打破了平铺直叙、呆板无味的八股文写法，让人耳目一新。优美的文字散发出独特的魅力，对我产生了强大的吸引力。

在基层工作十年，我不仅目睹了基层民众的生活，还积累了大量的实践经验。后来在同事的推荐下，我被调到联社办公室，专门从事文秘工作，公文写作成了我的主业。在那个岗位上我一干就是六年。六年的艰苦磨炼，六年的辛勤打拼，苦其心志，劳其筋骨，饿其体肤，一篇篇通讯、新闻陆续见诸报刊，我同写作结下了不解之缘。走上高管岗位后，我坚持深入调研，勤于思考，笔耕不辍，八年后，我的第一部见证山区农信社改革发展之路的新闻通讯集《山路十八弯》得以问世。

2012 年回到家乡工作后，怀着对家乡那片土地的热爱，思想感情的潮水总是放纵地奔流着：家乡是一首唱不完的歌，家乡是一杯喝不醉的酒，家乡是一幅赏不尽的画……4 年间，我的散文集《岁月留痕》诞生了。

2017 年到开江任职后，我把对事业的执着和对人民的爱全部倾注在这片小小的平原上，不仅实现脱贫攻坚和化险"摘帽"双丰收，而且在文学上也收获了累累硕果。世上没有远方，他乡就是故乡，《流淌的心曲》从我的笔下缓缓地流淌。

一路走来，文学引领着我在艰难曲折的漫漫人生路上奋力前行，同时也带给了我无穷无尽的动力，滋养着我的为民情怀，与我相依相惜。

二

不同的人会形成不同的圈子，有作家就会有作协。

十年前，我先后加入了区、市作协，却常常以忙为借口，很少参加作协组织的各种活动，自己如同一只掉队的羔羊，难以跟上前进的步伐。

2017 年，有幸经朋友介绍认识了四川金融作协主席潘凌，我将已出版的两本文集送给他，他对我赞赏有加，并将我吸纳为四川金融作协会员。在写作的道路上，他一直鞭策激励着我，鼓励我多写多出精品，同时推荐我加入了中国金融作家协会。从此，我有了在一个更大的平台和圈子里相互切磋和共同提高的机会。此后，我笔耕不辍，收获颇丰，进步很快。苦心人，天不负。三年来，我先后获得了《中国金融文化》杂志征文报告文学类一等奖，《青年作家》和西充县委宣传部联合征文小说类二等奖，《中国农村金融》杂志农信系统战"疫"五好作品十大好文章，有多篇报告文学被《中国报告文学》刊载。同时，我也成功加入了四川省作家协会，而且被四川省作家协会评为 2019 年度文学扶贫"万千百十"活动先进个人。我深深地体会到，作协就是作家的家，是我们温馨的港湾。

今年 11 月，四川省作家协会举办了 2019—2020 年新会员培训班。在培训班上，四川省作家协会主席阿来讲："古时候文人是通过壮游天下互相切磋，互相游历，今天我们会突然发现，原来孤立分散的存在，变成了当下最亲密的结合。古诗讲，如切如磋，如琢如磨。大家在此交流写作的心得，人生的感悟。如果说过去的写作更多是个人爱好，或者从书本上学习、借鉴，那么现在就是深入更切身的交流场景，在这里进行更深入的交流。"从古到今，交流切磋对从事文学的人都非常重要，过去，交通不方便，但远在四面八方的人都会创造一切机会相聚，"更重要的是，文学的创作、人生的领悟和格调，都在这样的交流中互相提携互相促进。"阿来主席道。作协为我们搭建了平台，创造了机会，更值得珍惜。

三

有作协就会有文友，有文友就会有故事。

2018 年在中国金融作协创作培训暨创联工作会议上，我有幸聆听了彭学明、徐则臣、阎雪君等著名作家的讲座，并与中国金融作协阎雪君主席建立了联系，在写作上得到了他的悉心指导；同时还结识了金融界很多作家，得以经常与他们沟通交流，取长补短，完善自我。

在四川省作家协会 2019—2020 年新会员培训班上，阿来主席讲："读万卷书，行万里路。行万里路不是孤独的行走，而是结伴而行的壮游天下，比如李白、杜甫、高适等。写作就是打开世界，要懂得欣赏，珍惜身边的人和其他。"在这次培训班上，有年届八旬的唐老师，从他身上我们不仅看到了"自信人生二百年，会当击水三千里"的人生豪迈，而且闪耀着"再过二十年我们来相会"的人生光彩；有年满六十五岁的邓老师，在她那个书香之家，不仅汗牛充栋，藏书万卷，而且其女耳濡目染，也成为一名优秀的作家；还有自由撰稿人刘老师，靠收破烂营生，却始终没有放弃诗歌写作，这或许就是一个作家对自我的忠诚，对生命世界的认知，对人的世界的认知，此所谓："诗不在远方，就在当下。"

与文学结缘，以文学会友，使我深切地感受到人生的意义和存在的价值，也深深地体会到诗和远方的魅力！

第二辑

心静如水

人生需答"三类题"

人生处处是考场。无论你干什么工作、处在哪个岗位，其实人生就是一场又一场考试。不同的人生阶段、不同的岗位职务都会有不同的人生考题，如果你把这些考题都答好了，人生就能够得高分，工作就会出彩而出色，事业就会兴旺而发达，个人就会成长而成才。

领导要善答"判断题"。所谓领导，就是带领和引导。面对纷繁复杂的问题和千差万别的事物，孰是孰非，需要领导做出决断，因此，领导就要善答判断题。

当领导要能举旗帜、定方向。方向决定路线。方向正确就会顺风顺水，事半功倍，方向错误就会南辕北辙，谬以千里。对国家而言，自新中国成立以来，我国每五年都有一个发展规划，这就是我们国家的发展方向。中国共产党带领中国人民从一个半殖民半封建国家过渡到社会主义国家，而且仅用几十年时间就走完发达国家几百年走过的工业化历程，创造了经济快速发展和社会长期稳定两大奇迹，是世界上任何一个国家都无可比拟的。实践证明，党和国家的方针政策是正确的。如果没有中国共产党的正确领导，就不可能取得今天这样的辉煌成就。

当领导要能谋全局、做决策。正确的决策是事业成功的基础，错误的决策是走向衰亡的根源。就四川农信来讲，近年来，省联社党委确立了"强基固本，开拓创新，提质增效"的总体思路和"1234567"治行兴社基本方略。短短的几年时间里，四川农信就由在全国农信系统的中等排位跻身于第一方阵。今年以来，除要求各行社在抓好日常经营管理工作外，还部署了"扩面强基"和农村金融综合服务站建设工作，这些都是打基础、利长远的事，是符合当前工作实际的，表明了省联社党委决策的正确性，必须一以贯之地加以贯彻和落实，否则，我们就会在日趋激烈的金融业竞争中被淘汰。

当领导要能敢担当、善拍板。敢担当、善拍板就需要底数清、情况明，胸中有丘壑。要多深入基层、深入一线、深入群众，查实据、摸实情、听实话，同时坚持具体问题具体分析，对职权范围内、自己看准了的事就要敢于决策、大胆决策。比如上周我们同纵横公司进行了座谈，既给该公司指了路子，又交了底。这种推动风险化解的工作就应该理直气壮，大胆作为，敢于刺刀见红，千万不能碍于情面，推三委四，甚至矛盾上交，不然就会错失时机，贻误工作。

"中干"要会答"思考题"。"中干"既是领导的参谋和助手，又是上传下达的桥梁。"中干"就应养成善于思考的习惯，做到"不为困难找借口，只为成功找方法"，答的就是思考题。

"中干"是领导的智囊团。所谓智囊团，就是出点子、想办法。领导安排一项工作，"中干"就应该思考采取什么样的措施和办法才能够抓落实。所以中层干部既要有较高的理论水平，又要有丰富的实践经验。假如你拿出的方案可行就会事半功倍，你拿出的方案不可行，结果就会事倍功半，甚至会前功尽弃。比如我们当前正在开展的不良贷款清收处置"利剑行动"，"中干"就应该各司其职，献计纳策：办公室就应该思考如何做好事前、事中、事后的宣传造势；不良资产经营管理部就应该思考如何在诉讼执行上加力；风险合规部就应该思考如何推动落实，比如如何实现员工及亲属不良贷款、股东不良贷款等"清零"；网络金融部、审计部就应该思考如何利用业务系统方便相关数据提取；计划财务部就应该思考如何考核才合理；各一级支行就应该思考如何找准自身定位，抓好工作落地落实。同时，中干不仅要站在自己的角度思考问题，而且要学会换位思考。比如为了压降不良贷款，不能只一味地去核销小额不良贷款，同时也要考虑坚守定位指标的完成。

"中干"是上传下达的枢纽。"中干"如同排球场上的"二传手"，传球的质量直接影响到扣球的效果。一项制度的出台、一个办法的制定、一件工作的部署需要中层干部这个桥梁和纽带去传导、去宣讲、去解读，搞好上情下达和下情上传。一方面，组织召开职工会议，把政策交给群众，让职工吃透政策，明白组织意图，解开思想上的"疙瘩"，变"要我干"为"我要干"；另一方面，要善于发现问题，收集反馈基层的意见和建议，为领导决策提供参考。

中干是推动工作落地落实的关键。开展检查督促是中干的一项重要职责。一项工作如果只注重安排布置，不注重检查督促，结果就会大打折扣，效果自然不佳。比如在上次机关干部职工大会上，要求机关全体员工围绕主要领导的讲话认真学习讨论，人人写出心得体会，请问是不是每个人都写了呢？是不是触动了大家的灵魂呢？机关员工的工作作风是不是转变了呢？凡此种种，不一而足。可见，跟踪问效是多么的重要啊！

广大职工要答好"必答题"。广大职工处于操作一线，是工作落实的责任主体。凡是安排的工作，都是需要做的，都应毫不含糊地去落实，因此，广大职工只有必答题，没有选择题。

要坚守"答题"初心。初心不初心，关键在忠心。要引导职工树立"在农信，爱农信，干农信"的忠心，坚守服务"三农"的市场定位，保持服务实体经济的定力。营造"人人为单位着想，个个为事业打拼"的干事创业氛围，涵养"不畏浮云遮望眼，自缘身在最高层"的豪情壮志。只有单位好了，家庭才能够好，家庭好了，个人的幸福指数才会高，真正做到"四川农信是我家，我们一起呵护她"。

要树立"答题"信心。信心比黄金更重要。干一件事情，如果没有"自信人生二百年，会当击水三千里"的勇气和信心，就会出现"行百里者半九十"的结果，因此，必须解决认识问题，排除思想障碍。就拿清收处置不良贷款来说吧，一要克服畏难情绪，敢于下深水；二要克服面子思想，敢于动真格；三要克服惰性思维，敢啃硬骨头。只有这样，才能够找到清收处置不良贷款的"突破口"。

要锻造"答题"恒心。水滴石穿、绳锯木断，这两个典故说的就是无论干什么事情，只要我们锲而不舍、持之以恒，就一定会成功。我们开展"扩面强基"和"利剑行动"也同样如此，只要我们一如既往地坚持下去，就能"积小流以成江河，积跬步以至千里"，我们的目标就一定能够实现。

时代是出卷人，我们是答卷人，人民是阅卷人。只有脚踏实地答好了"必答题"，才有机会答"思考题"，答好了"思考题"，才有机会答"判断题"，切勿急于求成、投机取巧，否则，就会适得其反、弄巧成拙！

我爱"学习强国"

　　三年前的一天，我到县上一领导办公室汇报工作，碰巧他正在观看"学习强国"平台发布的内容。作为政府领导，能在百忙之中见缝插针坚持学习，实在令人由衷的敬佩。

　　唐代文学家韩愈说："业精于勤，荒于嬉。"说实话，只要是没有学习任务和学习压力的学习，往往大多数人都会"三天打鱼两天晒网"，断断续续而不了了之，能够锲而不舍长期坚持者少之又少，我也不例外。就在"学习强国"平台上学习而言，一些人由于刚开始没有引起足够的重视，不仅学习起步晚，而且所有的"积分项目"没有做到齐头并进，导致大量的"学习积分"丢失，从而拉大了与其他同志的学习积分差距，这也应验了"刀不磨要生锈，人不学要落后"的道理。到 2021 年 3 月，我的积分才 21435 分，在全国总排名 15493754 名。虽然在全国 9 千万党员中不算太差，但我还是为自己荒废学业、错失获取知识养分的机会而深感后悔！

其实，"学习强国"学习平台就是一本百科全书，要是不学，那就太可惜了。"学习强国"平台功能及其强大，它上下贯通，内外融合，古今中外，包罗万象。既有天文、地理、历史、哲学，又有政治、经济、军事、文化；既有理论，又有实践；既具有知识性和哲理性，又具有趣味性和娱乐性；既可读，又可听；既能记录学习，又能记录运动；既可挑战自我，又可 PK 他人；既不受时间限制，又不受空间限制。一机在手，随时随地均可学习。时政要闻，身居家中，能知天下；每日金句，字字珠玑，掷地有声；每日一景，大好河山，赏心悦目；每日一曲，激越旋律，心情愉悦；每日慕课，知识海洋，任尔徜徉；每日强军，扬我军威……地方学习平台，更是百家争鸣，百花齐放。"学习强国"不失为最方便、最快捷、最愉悦的学习方式。

我国儒家经典中有这样一句话：苟日新，日日新，又日新。它的意思是要勤于学习反省和不断革故鼎新。开发"学习强国"平台的目的也就在于此。由于"学习强国"平台的强大功能和无穷魅力，使我逐渐爱上了它。当初我仅使用了"学习积分"中的选读文章、视听学习、每日答题、每周答题、专项答题等项目，自认为每天能积 20—30 分就差不多了，可一段时间之后，我才发觉自己的排名越来越落后。究其原因，是自己还有一些积分项目没有派上用场，比如挑战答题、订阅、分享、发表观点等。后来我加上了这些项目，"订阅"和"分享"倒是一件唾手可得的事，然而"挑战答题"却不是那么容易了。刚开始接连四五次都不能过关，只有一次又一次答题、接受一次又一次挑战，最后才一次又一次过关，现在几乎每天的"挑战答题"都能一次性过关了，而且答对的题目也在逐渐增多，最好水平达到了 16 题。而"发表观点"同样需要动脑思考，我总是力求在发表观点的精准和新颖上下功夫，并以此提升自己的归纳总结能力。为了获取更多的知识和获得更高的积分，后来我学习的内容涵盖了"学习积分"里的所有项目，如四人赛、双人对战、本地频道、强国运动。"四人赛""双人对战"是最能检验自己知识储备的，如果知识储备量不足，很容易被对手打败而不能得分。它由此成为我提升能力的重要渠道。而"强国运动"也在时刻鞭策着我：我运动，我健康！"学习强国"激发了我的学习兴趣，"学习积分"也由原来每天的 20 多分上升到 40 多分，甚至有时高达 60 多分，在组内和全国的排名日渐上升，唯恐因耽误一天学习而掉队。

学而不思则罔，思而不学则殆。在学习中思考，在思考中进步。"学习强国"既考验着我们的学习能力，又考验着我们的运用能力，因此合理分配学习和运用时间就显得尤为重要。以前我大多是晚上学，结果发现晚上学会挤占我的思考和写作时间，后来我便将学习"学习强国"的时间调整到早上，每天早上起床后的第一件事就是打开手机上的"学习强国"，白天一有空就学，这样就可以做到学习、工作、写作"三不误"。"学习强国"已成为我不可或缺的精神食粮。

一个强大的民族，从来就离不开学习。中华文明，源远流长，更应该重视学习和传承。若能让"学习强国"进学校、进街道、进社区、进农村，从孩子抓起，从全民抓起，营造人人学习、终身学习的氛围，不断提升国民的文化素养，此乃国之希望、民之福分也！

"学习强国"使我养成了一种好习惯，学习已成为我每天的必修课，我因它而充实，因它而快乐，因它而幸福。

跟着导航走

——我的生活体验

周末睡了个懒觉，早晨从床上爬起来就已经八点半了，草草洗漱之后，便出门吃早饭。

下楼正好碰上一辆空座的出租车。"师傅，去星光路！"我上车告诉他，那里有个查渣面馆味道不错。师傅按图索骥，十多分钟就到了。

二两正宗羊马查渣面下肚就已经九点半了。返回时，是打车，是骑车，还是走路？我犹豫不决，最后还是决定走路。自从有了"三高"（高血压、高血脂、高血糖）之后，每逢去看医生，医生都会叮嘱我要多走路、多锻炼，可工作一忙起来，早就把医生的叮嘱抛到了九霄云外。近来身体每况愈下，若再不加强锻炼，就扛不住繁重的工作任务了，所以坚持每天走 1 万步，一周下来，感觉比以前好多了。周末反正没有多少要紧的事，那就走走路吧！

在大城市，对于我这样一个路痴，只有跟着导航走，才不会迷路。打开导航，选择好回家的地址，接着导航播报："全程7.3公里，开车大约需要13分钟。"

"7.3公里！近段时间以来，虽然我坚持每天走1万步，可连续不间断地走上5公里的时候却很少，不过这并不代表我不行啊！而且走路至少还可以为节能减排做点贡献吧！"我一咬牙，下定决心：跟着导航走！

行走在春天的大街上，到处都弥漫着春天的气息，到处都涌动着滚滚春潮，到处都呈现出一派欣欣向荣的景象。你看，街道两旁干枯的树枝上已经绽放出新芽，各种鲜花争奇斗艳，竞相媲美，大街上来往的车流、人流繁忙穿梭，仿佛正在奔赴一场春天的约会，公园内男女老少正在健身，真可谓：不负春天好时光；你听，路边的丛林中小鸟叽叽喳喳叫个不停，每当行人靠近的时候，小鸟惊悚，"扑哧"一声，便飞向了远方；你闻，那湿润的空气中带着甜味，深深地吸一口，好像把人的五脏六腑都洗了个透。一路走来，虽然花费了不少时间，但我领略到了不一样的风景，非骑行和乘车所能企及也，这也许就是下马观花、走马观花和跑马观花的区别吧！同时也使我悟出了一个道理：脚踏实地永远胜过蜻蜓点水、浮光掠影！

　　跟着导航走，未必就能顺利到达目的地，还需要有识别导航的能力。曾记得刚刚时兴导航的时候，就连司机也常常把导航读错，明摆着还有一百多米甚至几百米才右转或左转，可总是提前就转了，虽然大方向是正确的，但还是走了不少弯路。初次跟着导航走，我还是遇到了一些疑问。比如，导航显示：前行 800 米掉头。如果继续按照导航步行 800 米再掉头，就会走远路，因为导航是按行车线路的交通规则来引导的，而步行则要伺机而动，趁早掉头。又如，在立交桥交错的地方，导航提示，继续前行 50 米绕环岛。如果不细心识别，不仅不能到达目的地，还会走错方向。每当遇到这种情况，我都会犹豫徘徊很久才能作出决定，甚至好几次都有了打车回家的想法，但最终还是克制住了自己，坚持步行回家，不达目的誓不罢休。

　　当我走到桂溪立交桥时，家已近在咫尺——就在立交桥对面。可桥下车辆来回穿梭，中间又没有人行道，而道路中间的隔离带看起来可以翻越，我跃跃欲试，试图借着没有车辆通行的空档穿插过去，可等了许久都没有那样的机会，试着再前行几十米，地面上还是没有人行通道。"怎么办？"正当我一筹莫展之际，猛地抬头向上望去，立交桥中间不是还有一座人行天桥吗？上面有一个人正在挂广告。"那不就是回家的路吗？"我恍然大悟，真是"踏破铁鞋无觅处，得来全不费功夫!"我一下子明白了一个道理：要想达到目的，不仅要脚踏实地、埋头走路，还要仰望星空、抬头看路。此时，旁边正好有两个小姑娘嘴里嘟哝着：怎么才能走到对面去呢？我随口叫到：请跟我走!

走下天桥，便到达了我们家所在的小区。华为运动手表报告：步行 7.3 公里，步数 10350 步，耗时 1 小时 18 分钟。

一次短距离的步行，不仅使我克服了人性的弱点，增强了体质，还增添了我对生活的体验，悟出了人生的哲理。

闲话"挣表现"

周末跟两位老大哥在一起闲聊，其中一位是刚刚退休的老教师，另一位是已近 60 岁、早已转业的团职消防干部。虽然我们不同年龄、不同阶层、不同行业，但聊得很投契。疫情下，小屋墙壁上那张"生意兴隆"的字牌散发着惨淡的光芒，屋内茶香扑鼻，暖意融融。

当聊到"挣表现"时，曾经身为团职消防干部的大哥，思绪像打开的闸门，滔滔不绝地讲起当年。当年农村出去当兵的孩子要想有所出路，全靠"挣表现"，意思是不仅要有能干事会干事的本事，而且要有表现自己的能力，从另外一个角度讲，它是一种影响力和带动力。像他那样的普通一兵，能够干到团职干部的，也是凤毛麟角，不靠挣表现是不可能的。就拿拖地板一事来说吧，他每天起得很早，抢着拖把干，如果有一天早上没有抢到拖把、没有拖成地板，都会觉得心里过意不去。有的士兵为了第二天能拖成地板，头一天晚上就把拖把压在自己的枕头下……那时候的班长、排长、连长、营长、团长……就是这样一步一个脚印干上去的。退休的教师大哥说，当年他刚刚参加工作时，家里离他教书的学校有十几里地，由于学校没有住宿，他每天总是天不亮就起床，天刚蒙蒙亮就出发，奔走在坑坑洼洼的山路上，时不时地摔倒，爬起来继续朝前走，绝大多数时间他都是第一个到校的，为此校长曾多次表扬过他。为人师表，率先垂范，几十年如一日，长期养成早起的良好习惯和锲而不舍的坚守，后来他也从一名普通的教师当上了校长。他深有感触地说，一个人的成功绝非偶然，而是从小事做起、从点滴做起，长期拼搏奋斗、展示自我并得到认可的结果。

听了他俩的谈话，我也深有体会，插话道：当年我刚参加信用社工作，单位的同事告诉我，你要想成长，首先必须每天早早起床，打扫好营业室卫生，从一开始就不虚度每一天，好好表现自己。我聆听了同事的教诲，而且长期坚持了下来，深得单位领导和同事的好评。后来我从乡镇信用社借调到县联社办公室，那时单位人少事多，而且没有请保洁员，我同样坚持每天提前半个小时到岗，先打扫领导办公室，然后再打扫会议室和自己的办公室，一场卫生打扫结束，常常累得满头大汗，特别是夏天，被汗水打湿的衬衫干后出现了一条条白色的汗渍，穿在身上也无所顾忌，总觉得劳动是一件累并快乐的事。我的成长道路充满艰辛，同样是靠拼搏奋斗"挣表现"干出来的。

到后来，单位的员工多了起来，而且也请了保洁员，我也跻身于高管行列，自己的繁杂事务也多了起来。为了减轻我的工作压力，我分管部门老总专门安排其部门一位高学历的年轻职工每天早上为我烧水泡茶。我心里想，这点举手之劳的事，哪用得着这样小题大做呢？未免有点"高射炮打蚊子大材小用"了吧，但为了锻炼年轻职工，我还是勉强顺从了。可每天早上我总是比他先到办公室，他来之后我早就把水烧好茶泡好了，让他也落得个清闲，久而久之，他自己也觉得跟不上节奏，只好作罢。

"天地英雄气，千秋尚凛然。"一个有希望的民族不能没有英雄，一个有前途的国家不能没有先锋。英雄出自平凡，平凡造就伟大。不积跬步，无以至千里，不积小流，无以成江河。"挣表现"就是当先锋。如果没有人挣表现，就不会有那么强大的影响力和带动力，就不会有舍身炸碉堡的董存瑞、只身堵枪眼的黄继光、被大火烧死的邱少云，就不会有千千万万为了祖国和人民的利益而牺牲的无数革命先烈。没人挣表现，何谈出英雄？

当然，我们对装模作样只在领导或者大众面前作秀"挣表现"的人是嗤之以鼻的，这种把"挣表现"当成自己追逐名利的唯一手段、价值观扭曲的人很难有好的结局。

韩愈曰："世有伯乐，然后有千里马。千里马常有，而伯乐不常有。"但愿"挣表现"的人能够愈来愈多，能识人认人的领导亦愈来愈多，那样就会有更多的优秀人才脱颖而出。

父亲送我一本书

——品读《百岁老红军的传奇生涯》随记

　　周末离家返回单位的时候，父亲送给我一本书——《百岁老红军的传奇生涯》。

　　我双手接过书一看，书的封面上，右边是从右至左竖着的两行字："百岁老红军的/传奇生涯"，是总参三部副部长、102岁高龄的副兵团职老红军胡正先题写的；左上角是一颗五角星；左下角是主编及其单位名称；书的压底图片是雄壮的、长长的行军队伍。鲜红的封面就像一团熊熊的火焰，燃烧着我的心。

　　父亲说："这是全国离退休干部先进个人、八十三岁高龄的张崇鱼同志送给我的，他是这本书的主编。你带回去好好读读。"

　　"我一定好好拜读！"我小心翼翼地将它放进包中。

张崇鱼同志是一位参加革命工作 45 年的老同志，曾在多个领导岗位上任职，并获得过多项荣誉。现为川陕苏区红军将帅碑林纪念馆名誉馆长。曾有"为红四方面军将士树碑立传，让后人瞻仰，记住那段与日月同辉的历史"之语。为了信守对 12 万巴山红军和红军后代的承诺，他二十一年如一日，行程六十多万公里，远赴 29 个省、市（区），建成了占地 120 亩，立碑 4280 块，拥有将帅碑林楹联长廊、红军陵园等记录红四方面军悲壮历程的川陕苏区将帅碑林。

我的父亲是一位有着四十多年党龄的退休教师。20 世纪 90 年代，父亲曾跟随张崇鱼同志到各大军区走访，征集老红军史料、手迹和为修建川陕苏区将帅碑林募捐。正是由于这种渊源，有关川陕苏区将帅碑林的书籍，他都会给父亲送一本。

回到单位，我翻开此书，从《前言》和《后记》中，便知道编印此书的目的和意义。他们历经一年时间广泛收集整理出了近 600 位百岁老红军的传奇生涯。这些百岁老红军中，有年龄高达 126 岁的，有 108 岁如今还健在的，真是红军的寿星，祖国的宝贝。编印此书就是为了用红军精神传承后代，用红军精神爱家爱国，用红军精神立功奉献。把这些百岁老红军汇集在一起，就是为他们建立一册"人生档案"，也是为了圆他们及其子孙后代的相聚相亲之梦。

　　细细品读这些百岁老红军的传奇生涯，一个个枪林弹雨、化险为夷、有惊无险的场面便呈现在眼前。他们中间，有子弹从左腿穿出、右耳射进差点丧命的王承登；有在战斗中六次负伤、手腕和上颚被子弹打穿、子弹从上嘴巴削过、舌头被打烂最后幸存下来的王琳；有戎马一生、弹片七十多年一直留在头上的王明伦；有战功卓著、心态乐观、一心跟党走、听从党安排的刘自双；有身经百战、有惊无险、寿高北斗、身体健康的张力雄；有淡泊名利、心胸豁达、请求辞官的孙毅……一段段刻骨铭心的历史、一个个扣人心弦的故事、一幅幅鲜活跳动的画面，无不反映出他们"革命理想高于天"的崇高情怀，无不反映出他们"永远跟党走"的坚定信念，无不反映出他们"英勇战斗、忘我牺牲"奉献精神，无不反映出他们"爱国爱家、为国奉献"的优良品格……这近600位百岁老红军的传奇史实，就是一段红色经典，就是成千上万老红军抛头颅、洒热血的一个缩影，也是当前开展党史学习教育的一本好教材。

　　历史是最好的教科书。读完父亲送给我的这本书，我一下明白了他的良苦用心。

　　父亲送我这本书，是为了让我学史明理。捧读这本红色经典，就是为了铭记这些百岁老红军的传奇故事，不能忘记他们走过的路，不能忘记他们为什么出发。由此，我也深刻认识到红色政权来之不易、新中国来之不易、中国特色社会主义来之不易，从而更加明白事物的道理与发展规律，更加明白马克思主义的基本原理就是颠扑不破的普遍真理，更加明白如何认清形势，把握大势，走好人生的长征路，不断增强政治判断力、政治领悟力和政治执行力。

父亲送我这本书，是为了让我学史增信。这本红色经典中，有7岁就参加红军的，有被国民党俘虏后又想方设法逃脱，回归革命队伍的，说明他们从小就有坚定的信仰和理想，并为之而不懈奋斗。当前，中国特色社会主义制度符合广大人民群众的根本利益，因此我要更加坚定道路自信、理论自信、制度自信、文化自信。

父亲送我这本书，是为了让我学史崇德。学史崇德，旨在立德固本，重在修德正身，要在守德致远。这本红色经典中，有全家9人都参加红军的，也有夫妻二人、兄弟二人同时参加红军的。中国共产党之所以有那么追随者，是因为中国共产党才是为广大人民群众谋幸福、为中华民族谋复兴的，我不仅仰慕革命前辈在思想、道德境界上所达到的高度，而且升华了道德认知、强化了道德自律、砥砺了道德实践，增强了学史崇德、赓续荣光、接续奋斗的思想和行动自觉。

父亲送我这本书，是为了让我学史力行。透过这本红色经典，我懂得了"水能载舟亦能覆舟"的道理，深刻认识到了人民群众才是真正的英雄！江山就是人民，人民就是江山。只有坚持人民至上，深入基层、深入群众、深入人心，知群众冷暖、释群众疑惑、解群众难题，全心全意为人民服务，才能赢得人民群众的信任和支持，才能实现中华民族的伟大复兴！

　　读书是愉快的，读一段与日月同辉的历史，不仅是对心灵的一次洗礼，而且是一种前行动力！

讲好中国故事　传播中国声音

——读苗勇新著《晏阳初》

晏阳初是四川巴中人。作为一个大巴山文人，为家乡人物风情立传，是全国知名作家苗勇一直以来的情怀与梦想。更重要的，是他觉得晏阳初这个人值得大书特书。他一生为中国和世界劳苦大众服务七十余年，他曾和爱因斯坦等人一起被评选为"现代世界最具革命性贡献的十大伟人"，被里根总统授予"消除愚昧饥饿总统终身奖"，获得很多荣誉，感动了全球，赢得了世界尊重，被尊称为"世界平民教育之父"。但很长一段时间，晏阳初在国内却是名声不显。在他的家乡巴中，甚至很多人对他的贡献一无所知。对于这样一个享誉世界的巨人，应该让更多人记住他的事迹、知道他的贡献，传承他的精神。

最初知道晏阳初这个名字是苗勇在上中学时。现在他已记不清是从什么书上看到晏阳初的介绍，上面寥寥几笔，大意说晏阳初是世界上平民教育运动的发起者和领导者，在全世界都很有名望。在那懵懂的年龄，他深为巴中有这么一个"大人物"而自豪。他到县城读书后，还特意去瞻仰了晏阳初博物馆，结果却大失所望。那所谓的博物馆，也就是晏阳初自小生活的地方，已被改造成了幼儿园，只剩下唯一一间锁着的房子和一个写着字的木牌。

后来他又到了外地读书，在与同学交谈时，发现大家对晏阳初这位与爱因斯坦齐名的世界巨人一无所知，甚至根本没听说过他的名字和事迹。他去学校图书馆查他的资料时，发现也是一片空白。以至于很长一段时间，他自己都对晏阳初的贡献产生了怀疑。

直到后来他在家乡参加工作后，经常有了到更大的城市出差的机会，才陆续在一些大型书店看到一些关于晏阳初的书籍和文章。随着对晏阳初的了解加深，晏阳初的精神和事迹让他愈发震撼。

同在桑梓，这样一个人物，理当被人们知道和铭记。于是，他下定决心，要写一写晏阳初，写出他心中的仰望。

晏阳初是一个需要仰视的人物。他精神崇高，经历丰富。他为劳苦大众服务的理想萌发于"一战"欧洲战场，成型于民国军阀混战时期。后来他又走出国门，为世界劳苦大众服务。但是，要想立体地、全面地把他的经历和精神风貌展现出来，难度十分巨大，于是苗勇很早就开始收集关于晏阳初的资料。他在2005年5月拟好了提纲，2006年9月正式动笔，2007年全书基本成型。从开始创作到正式出版，前前后后历经了15年。如果从资料收集算起，时间跨度就更长了。

从创作初衷来看，他力图用文学的语言对晏阳初这位独具特色、享誉全球的平民教育家进行艺术再现，尽可能立体地、全面地展现其人物形象和精神风貌。其核心要义主要有三个：一是讲好中国故事。晏阳初毕生从事平民教育、乡村改造事业，是第一个将中国本土诞生的平民教育理论、乡村建设经验传播到国外，并生根发芽取得成效的教育家，是有国际声誉的世界名人。这本书力图延续一种精神，让人们全方位了解晏阳初的同时，努力将其平民教育、乡村建设思想以及自强不息的拼搏奋斗精神，以真诚和感人的文学方式流传下去，立意高远，紧跟时代节拍，体现出"讲好中国故事，传播好中国声音"的时代要求。二是晏阳初是乡村建设绕不开的人物。晏阳初20世纪二三十年代在河北定县开展平民教育和乡村建设实践。他根据"民为邦本，本固邦宁"的中国古训，创造出"一大发现、两大发明、三种方式、四大教育、五个结合"的平民教育思想，以教育为工具，推动乡村经济、政治、卫生、文化全面发展，为定县乃至全中国留下了大量有形和无形资产，是乡村建设的先锋和绕不开的人物，其理论和经验对当前大力推进的乡村振兴战略依然有着重要借鉴和启发。三是晏阳初是人类命运共同体的实践者。20世纪40年代，晏阳初接受诺贝尔文学奖获得者赛珍珠访谈时就提出："我要向全世界提出这一个问题，请求解答。为什么不能团结所有国家、所有地区的人民以共同打击我们的敌人——愚昧、贫困、疾病和腐败政府呢？"20世纪50年代后，他的足迹遍布泰国、菲律宾、印度、加纳、古巴、哥伦比亚、危地马拉等亚非拉第三世界国家，先后在南美、非洲和东南亚发展中国家推行平民教育和乡村改造，他开创的平民教育和乡村教育理念影响了全世界，为世界贫苦人们打开智慧和富足之门，是人类命运共同体的实践者。

全书以晏阳初一生拼搏奋进为主线，以平民教育运动、乡村建设运动实践探索为副线，以爱国爱家爱平民为辅线，艺术地再现了晏阳初为中国和世界劳苦大众奉献的传奇一生。这本书主要体现了"三性"。一是政治性。晏阳初推行以四大教育（文艺教育、生计教育、卫生教育、公民教育）为特色的"乡村改造运动"，高度契合了党的十九大提出的"乡村振兴战略"。晏阳初先后在亚洲、非洲、拉丁美洲等地的50多个国家和地区从事平民教育运动，他的一生感动了全世界，《晏阳初》体现了"讲好中国故事，传播好中国声音"。

二是故事性。目前市面上有关晏阳初的作品不少，影视剧、纪录片也有，但大多是研究、传记，缺乏故事性和吸引力。这本书有别于市面上这些介绍晏阳初的书籍，而是以传记小说切入，较为新颖，不落俗套（属于首创），有很强的故事性。比如，四大教育，无论是文艺教育，还是生计教育，抑或卫生教育、公民教育，不是干瘪瘪的介绍，而是通过一个个生动感人的故事讲述，机心巧妙、引人入胜。再比如，晏阳初爱国爱家的情怀，也是通过他与底层人民特别是背二哥的交往作为非常重要的人文感情背景线，通过一个个感人的故事来体现。讲晏阳初抗日，也是通过讲述定县平教学员组织游击队、讲述晏阳初在湖南帮助张治中搞县政改革等故事来体现，生动感人。三是可读性。该书最大特点之一就是实现故事片与纪录片的有机结合。《晏阳初》是在大量阅读市面上有关晏阳初的书籍，又实地走访晏阳初博物馆、晏阳初亲属，以及定县、重庆乡村学院等基础上，于 2007 年撰写形成初稿，经十多年打磨而成，具有全面性和权威性。同时，在表现方式上，该书又以小说形式来呈现，以文学的手法描述，语言生动，故事感人，文学性、可读性很强。

隐秘而伟大

——小说《无法完成的画像》赏析

今年，河北省作家协会副主席刘建东的作品《无法完成的画像》获得第八届鲁迅文学奖短篇小说奖。鲁迅文学奖是中国的最高文学奖项之一，能获此殊荣，体现了文学界对其作品的思想性和艺术性的肯定。

翻开短篇小说《无法完成的画像》，我爱不释手，一口气将其读完后马上又读了一遍。它给我留下了非常深刻的印象，同时也使我的灵魂产生了强烈的震撼与共鸣。

小说以抗日战争时期为背景，以小卿的舅妈邀请"我"（炭精绘画学徒）的师傅杨宝丰为小卿失踪三年的母亲画遗像为线索，画像的过程"一波三折"，而师傅本人在这个过程当中的失常表现，最终导致画像无法完成。直到小说结尾处，小卿从晋冀鲁豫烈士园陵的纪念堂内的一张照片上得知母亲和画师的"隐秘"身份——革命战争时期从事地下工作的革命者，而之前他们那些不为人所理解的言行才有了解释，悲壮的革命人生也渐次清晰起来。

首先是立意高远，以小见大。小说没有直接描写抗日战争时期隐秘战线上的同志如何干出惊天地、泣鬼神的事情，而是通过画像这样一个平常而又普通的事件来反映他们是抛家舍业、忠于信仰的革命战士，甚至最后付出了生命代价。让人于细微处见精神，于平凡中见伟大。

其次是构思巧妙，情节感人。文章开头一句"屋子里弥漫着一股淡淡的烧焦的味道"，便深深地抓住了读者的心，跟《白鹿原》《平凡的世界》《秦腔》等作品一样，引人入胜，让人忍不住想要读下去。小说通过小题材映射出大事件，独辟蹊径，不落俗套。故事以"小卿的舅妈请来画师为其失踪的母亲画像，算是有个着落，有个结果"为线索，引出"画像需要照片"的话题。采取明暗两条线交替推进，明线是为了画像，暗线是为了阻止画像。当画师杨宝丰师徒来到小卿家里时，年仅10岁的小卿为了阻止给其母亲画像，烧掉了母亲的全部照片，因为她坚信母亲是找父亲去了，她还活着没有死。这样的安排既在情理之中，又为故事的发展埋下了伏笔。小卿的舅妈为了达到给小姑子画像的目的，在自己家中翻找出了仅有的一张13年前的照片。在照片的清晰度和色彩饱和度明显打折和减弱的情况下，按理说，画师杨宝丰就不该去冒险揽下这项业务，但故事的布局恰好相反，这种情理之外的举动超乎常人的意料，就连画师杨宝丰的徒弟"我"都为他担忧：不知道师傅是不是能够把人物肖像画好，是不是能得到亲属的首肯？随着故事情节的层层推进，画师杨宝丰画像的过程漫长而艰辛，第一次还剩一只眼睛未画完的肖像画不翼而飞，第二次眼看就要完成画作时却被画师自己给烧掉了，更离奇的是画师杨宝丰也失踪了……时间到了1951 年，在晋冀鲁豫烈士陵园的纪念堂里，小卿和画师杨宝丰的徒弟从一张照片上得知小卿的父母和画师杨宝丰都是烈士，而画师杨宝丰是化名，他的真实姓名叫宋咸德。至此，小说结尾起到了画龙点睛的作用。

最后是层次分明，推理严密。故事层层递进，高潮迭起，前因后果，逻辑清晰。如前面交代请画师画像的时间是1944 年的春末，那时小卿的母亲已失踪了 3 年，与文章末尾记述的"晋冀鲁豫烈士"的时间是高度吻合的；前面小卿阻止画师画像与最后小卿请画师的徒弟画像是合情合理的，因为起初小卿坚信她的母亲还活着，到后来未能如其所愿；画师勉为其难地画像和画成之后烧掉画像，与他和小卿父母不愿暴露他们的隐秘身份也是符合逻辑的……

该小说故事情节跌宕起伏，悬念丛生，又娓娓道来，似余音绕梁，令人回味无穷。

每一个人都了不起

孔子曰："三人行，必有我师焉。"这句话的意思是：几个人走在一起，其中必定有做我老师的人。由此说明每个人都各有所长，千万不可小觑。

前几天在网上看到一则报道：湖南长沙 51 岁的黄新生，是一名环卫工人。八年来，图书馆一直是她的灵魂庇护所，她每年借阅图书百余本，闲暇时将生活的风风雨雨都写进了诗里。央视新闻给她的评价是：在马路上，黄新生用扫帚清洁城市；下班后，她会拿出纸笔，用文字清扫心灵。如今，她已通过 3 门自考考试，正继续学习，渴望圆梦大学。

一位看似不起眼的清洁工，却在默默无闻地用知识武装自己，暗自成长，不由得使人向她投去欣赏羡慕的眼光：黄新生真了不起！

前不久，我新到一个单位，一位领导的讲话深深地吸引了我。我是第一次听他讲话，他侃侃而谈、激情四溢、文采飞扬、引人入胜，更令人热血沸腾。拿他的话说，别人为他准备的稿子不适用，他的讲话稿一般都是自己写。他先谈了自己感受，然后谈了自己的认识，最后提出了工作要求，通篇没有大话、套话，不耍花腔，很接地气，人人都能听得进、听得懂。更重要的是，他借用诗词传情达意，用得恰到好处，很有鼓动性，给人以酣畅淋漓、如饮甘露之感。他讲，一个人既要有"独上高楼，望尽天涯路"的理想，又要有"衣带渐宽终不悔，为伊消得人憔悴"的努力，才会有"蓦回首，那人却在灯火阑珊处"的成功。比喻形象、生动、贴切，真可谓"听君一席话，胜读十年书"。他的讲话刚结束，会场立刻响起了雷鸣般的掌声，那掌声就是对他的精彩演讲给予的最好回应，不得不使人心生敬意。与之一对比，我更是自愧弗如。有道是："活到老，学到老，还有三分没学到。"原来别人之所以能当领导，就是因为他虚怀若谷，博采众长，才能出类拔萃，高人一筹——当上领导不容易，当好领导更了不起。

最近一位同事搬家，有一台按摩椅需要拆装，可是原来的经销商已经改行了，原来的安装工人也找不到了，他一时半会儿竟束手无策，不知所措。此时，一位搬运工主动站了出来，他东琢磨西琢磨，不一会儿，竟顺利将它拆卸下来。

他还将拆卸过程录下视频，按摩椅搬到新居后，又按照拆卸视频很快就将它安装复原。我的那位同事感叹道：真是"踏破铁鞋无觅处，得来全不费工夫！"在场的人也都竖起大拇指为搬运工人点赞。

从古到今、从地球到宇宙、从内地到边疆，无论是古代的"四大发明"者，还是今天的"太空家园"建设者；无论是参加诗词大会的外卖小哥，还是太空漫步的宇航员；无论是普通劳动者，还是幸福和平的守卫者……每一个人都是中国式现代化的建设者和推动者，每一个人都值得尊重，每一个人都不容易，每一个人都不简单，每一个人都了不起！

由此看来，只有向书本学，向实践学，向身边的人学，拜同事为老师，才是个人成长的王道！

悟　道

悟道，即领会道理。世间万物皆有道，大到做人做事，小到吃饭穿衣，但无论千道万道，归根结底，还在于做人之道。

一个人如果能够深谙做人之道，淡泊名利，积善行德，广德布施，那么他无论身处何方，都会顺风顺水，一往无前。

几天前的一个早上，我像往常一样来到那家面馆吃早饭。刚一坐下，就听见靠近门口那张餐桌上的一位中年妇女叫道："老板，再加点蔬菜！"

"你那碗面里的蔬菜是放得最多的了。"老板娘回应道。

我抬头一看，那位中年妇女碗里的面快吃完了。过了片刻，我见老板仍没有给她再添蔬菜的意思，而那位中年妇女的脸色极不好看，于是便提醒道："老板，她叫你再给她加点蔬菜。"

老板装着没有听见，仍旧不搭理。随后，旁边的另外一位同志忍不住说道："叫你们再给这位同志加点蔬菜。"

"我们这里加一份蔬菜要收 3 元钱。"抠门的老板这才说出了实话。

"不就是收钱吗？那就加 1 元钱的嘛！"那位中年妇女阴沉着脸不高兴地说。从她的衣着打扮来看，她不是给不起钱，而且也不会吝啬那点钱。

"那就给她加一份蔬菜的三分之一，可不可以呢？"我建议，"做生意何必那么斤斤计较嘛，有舍才有得！"

老板若有所悟，然后给她添加了蔬菜，那位中年妇女吃过早餐，扫码付款之后，头都不回就离开了，谁也不敢肯定下次她还会再来这里。

然后，我给老板分享了一件自己亲身经历的事：

今年春节正月初四的早上，我在老家的小街子（街名）的一家面馆吃过早餐，仅有的 10 元零钱还剩下 2 元。走出面馆，看见街对面有一位老汉摆了个擦鞋摊正在擦皮鞋。我低头一看，脚上的皮鞋已经脏了，正好可以去擦一擦。擦完皮鞋后，我问："老大爷，擦鞋多少钱？"

"平时是 2 元，春节期间是 3 元。"老大爷答道。

"零钱不够了，我到对面馆子去换零了再付给你。"我扫视了一下，他没有收款码。"绝对不能亏了老大爷，他辛辛苦苦多挣 1 元钱是多么的不容易啊！"我心里想。

听了我说的话，老大爷爽快地答应了。

来到面馆，我对老板说："我擦鞋差 1 元钱，请帮我换一下零钱。"我随手掏出一张百元钞。

"不用换了，拿 1 元去就行了！"老板慷慨地说。

"那怎么行呢？你这里有零钱，还是帮我换一下吧！"老板拗不过，只好答应帮我换了。后来我想，假如下次再去小街子，吃面还去那馆子。

听完我讲的故事，老板的脸一下子红到了耳根："我们这里也有吃了早餐给不起钱的，最后也只好算了。"他一脸懵懂，不解我意，但他又似乎明白了什么，朝我微笑着点了点头。

小故事蕴含大道理，小生意亦有大学问。这便是"悟道"。悟道而生，是为永生。

难忘的植牙经历

前后两次植牙的经历，使我感触颇深！写这篇文章的目的是以我的生活经历提醒大家引起对口腔卫生的重视，对牙齿保护的重视，对身体健康的重视，唤醒像我曾经那样的健康糊涂者，做一个生活自律、健康管理达人。有病早治疗，切忌病急才投医，甚至病急乱投医。一脉不和，周身不遂；口腔健康，全身健康。做生活自律之人，拥健康幸福人生。

——题记

一

夏、秋两季是银行工作稍微闲适的时候，也是银行员工休假相对集中的时段。疫情后，大多数人都迫不及待地想借公休之机出去走走，看看外面精彩的世界，而我只能困于家中，因为我要为我这口残缺不齐的牙齿做个修复和保养。

很小的时候，由于缺少照看，我在玩耍中不慎将门牙碰落了，由于迟迟没有再长出来，以至于得了个"缺巴齿"的雅号。爸妈非常着急，但或许是当时信息闭塞，或许是孤陋寡闻，不仅没有听说有种植牙一说，而且像我们那样贫寒的家境也没有这样一大笔开销，所以只好听天由命、顺其自然。后来爸妈听村里的老人讲，让正过门的新娘摸一摸门牙的牙龈，门牙就可以再生。妈妈信以为真，在舅娘过门的那天，专门请她给我摸了一摸。可能也是发育的缘故，在此之后，我的门牙奇迹般地长了出来，尽管与原先门牙的整齐度相差甚远。

后来随着年龄的增长，自认为牙齿已经成熟了，缺少护牙常识和旁人提醒的我，极度张扬着自己的个性，认为自己的牙齿很硬，可以"咬铜吃铁"，什么都敢碰，嚼干胡豆、咬戕壳（壳厚坚硬）核桃、啃硬骨头、开啤酒瓶……无所不干、无所不能。过度消磨和无限透支使我的牙齿难堪重负。有的日渐松动了，有的已被坚硬的骨头摁破了，常常疼痛难忍，头昏脑涨，牵动着周身的每一根神经，更令人苦恼的是无法咀嚼食物，那时我才真正感受到什么是"牙疼不是病，疼起来真要命"。长痛不如短痛。我只好将其一一拔掉，以致落得个满口残牙的下场，真让人追悔莫及。

二

大约十年前，我有了第一次植牙的经历。那个时候人们一般都时兴做烤瓷牙，做种植牙算得上是比较时髦的了，而我做种植牙的目的却是为了一劳永逸。

那是一家非常著名的口腔医院，整个周边城市的口腔患者都慕名而至。紧缺的医疗资源使得挂号十分困难，我设法挂了个专家号。问诊后，医生建议我种植一颗一般材质的牙齿，需要几大千元。说实话，当时真还有点舍不得。我犹豫徘徊、斟酌再三，最后还是忍痛交了植牙费，毕竟牙齿是自己身体的一部分，事关一辈子生活的事，谁也不愿意多折腾。在种植室，给我植牙的是一位头发花白、年龄大约五十多岁的教授，他面无表情、寡言少语。我躺在治疗椅上，大张着嘴巴，任由他摆弄，不到一个小时，他就将一个植体固定在我的牙床上。最后他只简单交代了一句：三个月后来戴牙冠。他如此简单、草率，让人无所适从。作为一名患者，我只能默默承受和无条件接受，同时也失去了治疗的信心和希望。

回到单位，由于以前没有植牙的经历，而且植牙的医生也没有告诉我有哪些注意事项，我不但没有戒烟和戒酒，甚至连把去戴牙冠的日子都忘记了，加之，自己总怕耽误工作，认为往返一趟需要三天时间，而且挂号十分困难，所以就一拖再拖，最后干脆放弃了戴牙冠。直到去年三月，我植体周围的牙龈发炎，去看牙医时才发现植体已经被感染，成了"病体"，不得不把它从口腔中取出来。

第一次植牙的经历使我意识到，缺乏健康自律和管理就是对生命的漠视，就是对家庭和社会不负责任，就会付出沉重的代价。

人到中年，缺牙少齿，方知牙齿重要。没有好的牙齿，生活质量就会大打折扣。这也是我借助 5 天公休假去修复和保养牙齿的缘由。

三

随着人们健康生活的需要，口腔诊所如雨后春笋般应运而生，遍布大街小巷，口腔专家有了更大的用武之地，同时也为口腔患者提供了更多的选择机会。休假的第一天，我来到了朋友开的一家口腔诊所。一来到这里，就让人感受到一种温暖。去这家诊所，是因为这个朋友以前在另外一家口腔诊所上班时，我去洁过牙，是她们细致入微的服务感动了我，为此我还专门写了一篇文章《洁牙有故事》。其实，也还有另外一个原因，那就是第一次植牙的经验告诉我，植牙乃大事非儿戏，加之我一直信奉"诚不相欺"的道理，因此觉得在她那里植牙我更放心。

"先生，你是张医生（陪孩子参加高考去了）介绍来植牙的吗？"我一进门，诊所的值班医生便问。"是啊！"我答道。随后她告诉我，做种植牙，除了血糖、血压必须控制在规定的范围之内外，还必须拍片，看安装植体的骨头长势如何，看现存的牙齿有没有炎症等等，如果牙骨长势不好，或者其他牙齿有炎症都会影响植牙的效果。一个完整的植牙手术分为四期：第一期是植体植入手术，视手术情况7—14天拆线；第二期是安装愈合基台，通常在拆线后3—4个月；第三期是口扫取模做冠，在安装愈合基台半个月之后；第四期是戴牙冠，在口扫取模一周后。听她这么一讲，我才知道植牙有那么多学问，根本不像第一次植牙"只管种植，不管过程，不管结果"那样简单随便！

拍完片，牙医看后说，我的牙骨长势倒好，但有一颗牙齿的牙根有炎症，必须立即进行根管治疗，就是把牙根的细菌清除掉，并填充消炎药。经过一个半小时的根管治疗之后，我的植牙时间约定在休假的第三天。同时，按照种植牙手术的要求，休假的第二天，我专门去洁了牙。为确保万无一失，诊所的张医生联系了擅长种植牙技术的谢博士给我做手术——当然专家做手术是要另外收费的，别人的辛勤付出理所当然应得到相应的回报，给予回报就是对别人劳动成果最大的尊重。

四

休假的第三天，是我做种植牙手术的日子。

六月的蓉城，一场夜雨带来了丝丝凉意。清晨，空气中仍夹杂着星星点点的雨丝，深深吸一口，透彻五脏六腑。诊所离我家不远，但为了不耽误手术时间，我还是一早就出了门，提前半个小时赶到了诊所。九点半，负责做种植牙手术的谢博士也赶了过来，她先是对第一天的拍片进行了认真研究，然后做出了牙齿修复保养方案和植牙方案。

植体、药物、器械……一切准备就绪。上午十点，手术正式开始。我躺在种植室的治疗椅上，一张蓝色手术布盖住了我的全身，只有口腔部位留有一个口子，那是为了方便手术。谢博士主刀，旁边还有两三个医生打下手。我极力张大嘴巴，不时屏住呼吸，接受谢博士在狭窄的口腔内打麻药、切开、翻瓣、定位钻孔等一系列高难度操作，同时还要附带完成根尖手术、根面平整手术。整台手术井然有序，谢博士的操作游刃有余，一气呵成，竟然没有丝毫的疼痛感，我深深为谢博士精湛的技术所折服。长达两个半小时手术，共为我种植牙齿4颗，修复保养牙齿7颗，完成根尖手术和根面平整手术各1个。当然，这次种植、修复保养牙齿要比第一次复杂得多，付出的代价自然也就比第一次高得多。

轻松走出种植室，再次进入影像室拍片。谢博士通过拍片告知我手术的情况，并向我交代术后注意事项：连续输液3天、3天后再吃一个星期的消炎药……"这一次我一定要小心翼翼，谨遵医嘱，做好术后恢复！"我心里想。

两次植牙的经历，一次比一次印象深刻，一次比一次代价更高，一次比一次更加难忘……这些经历都将丰富我的生活阅历，更进一步地成为我生命中永恒的记忆。

口腔健康，全身健康。做一个生活自律的人，就会拥有一个健康幸福的人生。

第三辑

跋山涉水

穿越长征路

长征是宣言书，长征是宣传队，长征是播种机。

每一代人有每一代人的长征路，每一代人都要走好自己的长征路。

在庆祝中国共产党成立 100 周年之际和开展党史学习教育活动中，穿越长征路已成为传承长征精神、赓续红色血脉、凝聚磅礴力量的一项重要内容。6 月 26—30 日，我有幸参加了单位组织的"传承长征精神，走好新时代长征路"党史学习教育主题活动。

缅怀英雄　不忘伤痛

清晨，天空飘着小雨，像牛毛，像花针，像细丝，滋润着川中大地，路上的植物都笼罩在一片白茫茫的雨雾中。恰逢周末，街上的车辆和行人比平时少了许多。八点半，我们准时从遂宁出发前往此次红色之旅的第一站——映秀镇。

汽车在成南高速公路上以 100 公里左右的时速行驶着，邻座的同事相互交流着，他们谈工作、学习和生活，论国际局势和国内形势，问家庭状况和子女情况……大家都十分珍惜这短暂又难得的交流机会。这次红色之旅他们将会有什么样的收获，能够从中吸取什么样的力量，今后将呈现一个什么样的工作状态？……一连串的问题，使我陷入了深深的思考。

汽车在同事们的畅谈中匀速前行。快到成都时，阴沉的天空渐渐明朗起来，雨后的山峦苍翠欲滴，略微摇下车窗，一股凉风挤进车内，顿觉清爽异常。

汽车从成南高速转入第二绕城高速，宽阔的路面刚刚被雨水洗刷过，不见往日的风尘，偌大的成都平原一眼望去，生机盎然，一派葱茏，一直蔓延到天际。

从绕城高速转成灌高速（汶川方向），渐渐进入高山峡谷地带，山势雄奇险峻，山上草木葱茏，令人心旷神怡。我们过桥梁，穿隧洞，越丛岭……一个多小时后就到达了映秀镇。

驶入映秀，首先映入眼帘的是以红色为主色调的家国情怀广场和映秀大酒店，其次是藏羌元素和川西民居风格相互融合的碉楼、客栈，以及布局合理、错落有致的街区——好一座传统和现代相结合的场镇！我们下榻在家国情怀颐苑，石头垒砌的外墙与室内简约的装修风格相得益彰，给人一种宾至如归的温馨感。

看到映秀今天的繁荣景象，使人不由自主地想到那场刻骨铭心的灾难——"5·12"汶川特大地震。映秀镇是"5·12"汶川特大地震的震中，地震前该镇常住人口有一万二千余人，地震将整个场镇夷为了平地，带走了6456人的生命，直接经济损失达45亿元。大地震不仅压垮了房屋，还压碎了所有人的心血与梦想，留下了永久的伤和痛。

来到漩口中学地震遗址，这里是映秀镇唯一一处地震遗址保护点。据授课老师介绍，地震时，漩口中学有1500多人，地震中死亡了50多人，是当时大地震时人员最集中、死亡人数最少的，创造了防震史上的奇迹。操场的正对面是一幢倒塌的教学楼，教学楼前是一个汉白玉时钟雕塑，它象征着教室墙壁上那面被震坏了的时钟，时间永远定格在2008.5.12.14∶28。站在操场的正中央，我们脱帽向在"5·12"汶川大地震中遇难的同胞们默哀，聆听了现场授课老师的含泪讲述后，敬献了鲜花。来到职工宿舍楼、另外一幢教学楼和学校办公楼前，目睹一处处惨状，聆听一个个悲惨的故事，学习防震常识，现场的人无不泪落。绕漩口中学地震遗址一圈后，回到操场前面的"5·12"汶川大地震纪念碑前，那座解放军和医护人员抬着担架护送地震伤员上飞机的浮雕深深地刻在了我的脑海里。

在家国情怀宣誓广场，我们面向鲜艳的五星红旗，深情凝望，奏唱雄壮的国歌，此时更加深了我对"人民有信仰，国家有力量，民族有希望"的理解；在中国共产党党旗前，我们举起右手，庄严宣誓："我志愿加入中国共产党……永不叛党。"那铮铮誓言在广场的上空久久回荡！

从家国情怀宣誓广场拾级而上，迈上512步台阶，便来到位于国道213旁映秀镇渔子溪村的一块高地——"5·12"汶川特大地震震中纪念馆，从这里可以俯瞰浴火重生的映秀镇全貌。该馆由序厅、特大地震破坏惨烈展区、众志成城抗震救灾展区、自力更生科学重建展区、科学应对防震减灾展区五个部分组成。现有馆藏地震文物13641件，较为全面地反映了地震灾情、抗震救灾和重建家园等各方面情况，留下了一段值得铭记的重要史实。

"5·12"汶川特大地震给我们留下了永久的伤和痛，但是它又一次凝聚了中华民族的力量，激发了中华儿女的斗志。它彰显了全国人民万众一心、众志成城、不畏艰险、百折不挠、以人为本、尊重科学的伟大抗震救灾精神，彰显了中华民族"一方有难、八方支援"的美德，彰显了中国特色社会主义集中力量办大事的优越性。

历经灾难的中华民族再次以实际行动证明：任何困难都难不倒英雄的中国人民！

穿越长征路　不忘来时路

第二天早上 8 点，我们从映秀出发，上国道 350，转省道 210，前往目的地——红军长征两河口会议纪念馆。夏季阿坝的高山平原如同铺上了一层厚厚的绿色地毯，粉红色的格桑花开得正艳。一路上，来来往往的车辆川流不息，周末休闲的人们三五成群，或驻足拍照，或引吭高歌，释放着压力。下午两点半，我们到达了红军长征两河口会议纪念馆。

红军长征两河口会议纪念馆位于四川懋功（小金县旧称）北部两河口。1935 年 6 月 26—28 日，中共中央在这里召开了政治局扩大会议。会议经过激烈讨论，通过了周恩来在《目前战略方针的报告》中提出的战略方针。周恩来指出：一、四方面军会合后，新的战略方针便是集中主力向北进攻，创造川陕甘革命根据地。28 日，中央政治局发出《关于一、四方面军会师后战略方针的决定》，明确规定："在一、四方面军会合后，我们的战略方针是集中主力向北进攻，在运动战中大量消灭敌人，首先取得甘肃南部，以创造川陕甘苏区根据地，使中国苏维埃运动放在更巩固、更广大的基础上，以争取中国西北各省以致全中国胜利。"

面对日益紧张的斗争形势，中共中央于1935年6月29日在两河口召开了政治局常委会议，着重研究了全国抗日问题。会议还讨论了组织问题，决定增补张国焘为中革军委副主席，增补徐向前、陈昌浩为中革军委委员，以加强军委领导，统一两个方面军的指挥。

红军长征两河口会议确立了中国工农红军正确的战略方针，继续北上抗日，建立川陕甘革命根据地，为中国革命指明了方向。

下午4时30分，我们前往梦笔雪山红路体验红军长征翻雪山的情景。

汽车沿省道210行驶1个小时后，便到达了小金县两河口镇木城村梦笔梁子，这里就是梦笔雪山红路。根据距离和攀爬难度分为高级、中级、初级3条红路，长度分别为4.7公里、2.7公里、1.7公里。我们在雪山红路纪念碑前合影留念，然后选择了中级难度的红路翻过梦笔山，再乘车转国道217向马尔康进发。晚上7点，抵达了马尔康。

这种体验远远不敌当年红军爬雪山、过草地那种艰苦。

有人这样总结道：说到长征，人们想到的一个字就是"苦"。其实红军长征最艰难的岁月，不在湘江的枪林弹雨，不在乌江的急行军，不在赤水河的周旋，不在金沙江的巧渡，也不在大渡河的抢夺，红军长征最艰难绝望、最孤苦无依、最进退两难的地方在阿坝州。阿坝州是红军长征走过的"雪山草地"。

1934 年 10 月，中央革命根据地第五次反"围剿"在江西失利，中国工农红军被迫在于都进行战略转移，开始了伟大的长征。红色铁流，漫卷中国，从江西到福建，从湖南到广西，从贵州到云南，最后，红军部队进入四川。红一、二、四方面军分别从雅安、甘孜、北川三个方向进入阿坝，辗转停留了 16 个月，在阿坝州翻阅了 8 座海拔在 4000 米以上的大雪山，3 次穿越人迹罕至的茫茫草原，经历了数十次大小战斗，全州有 13 个县被四川省命名为革命老区县。

人们常说："苦不苦，想想长征二万五。"那红军长征在阿坝州有什么特别的地方呢？它主要体现在"六个最"。

第一个"最"，阿坝州是红军驻留时间最长的地区。红军长征是 1934 年 10 月到 1936 年 10 月，红四方面停留的时间是 1935 年 4 月到 1936 年 8 月长达 16 个月。

第二个"最"，阿坝州是长征途中红军经过人数最多的地区，红一、二、四方面主力军都经过了阿坝州，总人数大约 12 万人。

第三个"最"，中国共产党建党以来党内斗争最尖锐的一个时期。而这些斗争更直接影响了长征的方向，自两河口会议开始，在两军会合对到哪里建立根据地上有了分歧，中央提出北上，四方面军主要领导张国焘要求南下。为了争取团结，党中央一度选择了让步，但让步并没有换来团结，后来的沙窝会议、毛儿盖会议、巴西会议一直在修正这种错误思想，而"九九电报"更是剑拔弩张，一度提出要"彻底开展党内斗争"。

第四个"最"，阿坝州是中共中央中革军委召开重要会议最多的地方。长征途中党中央先后在阿坝州召开了两河口会议、卓克基会议、芦花会议、沙窝会议等十次政治局会议，这些会议确定了红军北上抗日等关系中国革命命运的重大战略方针。

第五个"最"，非战斗减员最多的地区。阿坝州自然条件非常恶劣，红军在缺吃少穿的条件下，损失非常惨重，饿死、冻死、陷入沼泽等非战斗死亡的红军多达上万人。

第六个"最"，阿坝州是红军长征途中自然环境最恶劣的地区。长征苦，最苦的是高原缺氧，雪山草地。"雪皑皑，夜茫茫，高原寒，炊断粮。"皑皑雪山看上去很美，却处处充满了危险，就拿红一方面军翻越的第一座雪山夹金山来说，海拔有4100多米，终年积雪，空气稀薄，气候更是多变，在当地有这样一首民谣："夹金山，夹金山，鸟儿飞不过，凡人不可攀，要想翻过夹金山，除非神仙到人间。"远征多日、饥疲交加、衣单体弱的红军将士在翻越夹金山时，不少人就是在与恶劣自然环境的斗争中停止了呼吸。

红军长征经验告诉我们：

传承长征精神，走好新时代长征路，我们一定要坚定理想信念。理想信念在任何时候都至关重要。假如当初红军没有理想信念，那么他们就不可能走完二万五千里长征，就不可能取得中国革命的胜利。只有树立"革命理想高于天"的坚定信念，才能战胜一切强敌、克服一切困难、夺取一切胜利，因此，我们必须增强对马克思主义、共产主义的信仰，增强对中国特色社会主义的信念，增强对实现中华民族伟大复兴的信心。

传承长征精神，走好新时代长征路，我们一定要发扬拼搏奉献精神。要把许党报国、履职尽责作为自己的人生目标，不畏艰险、敢于牺牲，苦干实干、不屈不挠，始终保持"越是艰险越向前"的英雄气概和"敢教日月换新天"的昂扬斗志，埋头苦干，攻坚克难，努力创造出无愧于党、无愧于人民、无愧于时代的业绩。

传承长征精神，走好新时代长征路，我们一定要严明政治纪律。要提高政治站位，增强"四个意识"，坚定"四个自信"，做到"两个维护"，始终与党中央保持高度一致，坚持民主集中制原则，维护党的团结和统一；时时刻刻把纪律和规矩挺在前面，明大德、守公德、严私德，清清白白做人，干干净净做事，克己奉公，以俭修身，永葆清正廉洁的政治本色。

重温历史　不忘初心

阿坝，是英雄的藏族羌族自治州，全州 13 个县都有红色资源，还在州府马尔康专门建立了红军长征纪念馆。

6 月 28 日上午，我们来到了阿坝州红军长征纪念馆。

这里是全国经典红色教育景区，共分六个板块："万里长征""转战阿坝""北上驿站——马尔康""英名永存""神奇故事"和"迈向新长征"。展厅配套设施依托大量丰富的史料，承现出独特的视觉效果。展厅融合现代声、光、电、3D 等技术手段，通过雕塑、展板、灯箱、场景再现等方式全面生动地展示了红军长征途径阿坝州，翻雪山过草地和建立革命政权那段艰苦卓绝的革命奇迹。走进马尔康红军长征纪念馆，就能亲身领略那段风云际汇的悲壮历史，就能零距离接触到那些珍贵的遗址遗迹、革命文物，还能探寻到那些淹没在民间老人记忆中珍贵的史牍残片……以及阿坝州各族人民在长征精神的激励下自强不息、奋斗不止的生活现状。

历史的回忆，引发革命的深思。1934 年 10 月 10 日晚 6 时 12 分，为保存充分的实力，中国工农红军退出中央根据地开始伟大的二万五千里长征，红军长征经过长期的艰苦奋斗，穿过荒无人烟的草地，翻过终年积雪的高山，实现了战略转移。

值得一提的是，阿坝州红军长征纪念馆内还增设了马尔康党风廉政建设教育基地，这种将廉政教育和红色教育有机地融合在一起的做法，产生撼动人心的教育效果，不失为马尔康的一大创举。

与此同时，在红军长征纪念馆，老师还利用微课堂给我们分享了"红军北上与南下之争""博古与张国焘的对比"等经典评述。

红军长征纪念馆告诉我们：长征是一次理想信念的伟大远征，长征是一次检验真理的伟大远征，长征是一次唤醒民众的伟大远征，长征是一次开创新局的伟大远征！

参观完红军长征纪念馆，我们来到卓克基土司官寨。

它始建于 1286 年，1936 年毁于大火，1938 年由 16 代土司索观瀛在原址基础上重建。卓克基是藏语的音译，意为顶尖、至高无上。"土"是当地的土著民，"司"是官吏职位，土司为一方最高统治者，掌握着最高政治、经济、军事大权。官寨总占地面积 5400 平方米，仿汉式四合院，北部正屋为假六层，东西厢房为五层，中间为天井，共有大小 63 间房，分别由围墙、高碉、照壁、牢房、官寨主体建筑构成。卓克基官寨分别融入了藏汉民族精湛的建筑精华，被美国著名作家索尔兹伯里赞誉为"东方建筑史上的一颗明珠"。官寨主要讲述其建筑特点及土司时期人们生活的故事，介绍土司历史和人物故事，阐述土司制度，展示嘉绒藏族民俗文化，揭示藏族佛教的神秘。官寨的每一个角落都保留了一段历史，每一个展室都讲述了一个故事，每一个展厅都呈现了一幅画卷。

值得注意的是，官寨二楼不仅详细介绍了土司制度的兴衰过程，嘉绒地区土司的分布和传奇人物等，还完整地保留了在 1935 年红军长征期间，毛泽东、周恩来等中央领导在此的居室和卓克基会议旧址等。

历史是最好的教科书。事实证明，没有共产党，就没有新中国，也只有共产党，才能救中国！

拜谒陈子昂读书台

世界读书日快到了，为了增添读书的原动力，我决定拜谒陈子昂读书台，还邀请了熟知当地人文地理的朋友做向导。

陈子昂读书台，位于四川省遂宁市射洪市城北 23 公里处的金华山上，是初唐诗人陈子昂青年时期读书的地方。

据《遂宁市志》记载，陈子昂（661—702），字伯玉，唐显庆六年（661）出生，家住射洪县武东山下，故宅属今武东乡沙嘴村张家湾。陈子昂小时候家庭豪富，任侠尚义，至十七八岁仍不知书，其父陈敬元很有才学，长于诗文，官拜文林郎，并以豪侠慷慨远近闻名。为了教子立志成才，他经常同子昂观时论世。他哀叹自己年迈，希望子昂能成为当代的贤臣，贤圣遇合，振兴国运。子昂受到感染，开始发愤读书。数年间，他细读了"三皇五帝霸王之经，历观《丘》《坟》，旁览代史，原其政理，察其兴亡"（《谏政理书》），终于成为一个既有远大理想又有真才实学的人。

蜀中四月，满目苍翠，天蓝水碧，鸟语花香，处处展现勃勃生机。恰逢周末，雨过天晴，午后的太阳从云缝中投射下来泛着刺眼的白光，山峦如同一幅浓墨重彩的水墨画缀满墨绿与嫩绿，尚未完全消退的倒春寒送来丝丝凉意，我们从遂宁市区出发沿成渝环线驱车近 1 个小时，便来到金华山脚下。

金华山，海拔只有 430 米，分为前山和后山。前山是金华山道观，真可谓"山不在高，有仙则名"，后山是陈子昂读书台，有道是"谈笑有鸿儒，往来无白丁"。山上古柏参天，青岗挺拔，茂林修竹，荫翳蔽日。我们从金华山前山门进入，过百尺桥（百尺桥原为单孔石拱弓形桥，历经 400 余年，1968 年改建为单孔石拱平背桥）到小山门，再沿三百六十五级台阶拾级而上来到南天门，然后进入金华山道观。金华山道观为四川四大名观之一，始建至今已有 1500 多年，是道教圣地。公元 374 年，成都人陈勋学道山中，结庐为庵；东晋时被皇帝封为"玄天天师"的黄初平曾在此修道，"叱石为羊"的故事流传至今。南朝梁天监年间（公元 502 –519 年）建金华山观。沿阶上行，过灵祖殿、天师殿、冥王殿、东岳殿、药王殿、祖师殿，便来到金华山制高点——财神殿。站在这里俯瞰，烟波浩渺的涪江似玉带环绕，与"黄河之水天上来，奔流到海不复回"有异曲同工之妙。

从财神殿右侧来到后山的玉皇宫，这里也是陈子昂读书台遗址，著名历史学家、教育家、诗词、书法大家缪钺题写的"陈子昂读书台遗址"几个大字苍劲有力，顺道而下经过观音殿、文昌殿、子昂书院，最后到达古读书台。

古读书台已经没有当年学堂的"影子"，早已淹没在岁月的烟云中，现分为了前、中、后院。

我们登上古读书台前面的台阶步入前院——感遇厅。该厅因陈子昂代表作《感遇诗三十八首》而得名。大厅正中是四川美术学院师生创作的陈子昂青年时期的汉白玉全身塑像。塑像后面的木壁上刻有清代举人马天衢用赵体所书的陈子昂代表作《感遇诗三十八首》，全是五言古体诗，是陈子昂对平生所遇有感而发，也是他诗歌革命取得的重大成果。正如韩愈所说："国朝盛文章，子昂始高蹈。"杜甫在子昂故居凭吊时诗赞子昂："有才继骚雅，哲匠不比肩。公生扬马后，名与日月悬。"白居易把子昂、杜甫相提并论："杜甫陈子昂，才名括天地。"现代范文澜称"陈子昂是唐古文化运动最早的奠基人，张扬古诗的旗帜"。陈子昂的诗《登幽州台歌》——"前不见古人，后不见来者。念天地之悠悠，独怆然而涕下"则成为中国诗坛千古绝唱。木壁背面刻的是卢藏用《陈伯玉先生别传》，是对陈子昂政治上失意、诗歌创作上升华的一生之翔实记述。

从前院来到中院——拾遗亭。该亭因陈子昂官至右拾遗而得名。亭内塑有陈子昂中年时期的坐像。塑像左边刻有陈子昂的《座右铭》，详细地阐述了做人和为官之道。右边刻有陈子昂著名短文《修竹篇并序》，集中体现了陈子昂的文学思想，并提出诗文革新口号。他提倡诗歌要继承《诗经》、"风""雅"的优良传统，摆脱六朝绮靡诗风，恢复魏晋风骨，形成一种爽朗刚健的风格，一扫齐梁以来的形式华美内容苍白的弊端，散文力图矫正六朝骈文的不良风气，从而奠定了他作为唐代诗祖的历史地位。

最后我们来到后院——来者苑。它包括修竹馆、诗廉斋、留云仙馆三个展馆。修竹馆中运用 270 度环幕的形式讲述了子昂生平及倡廉担当；诗廉斋中运用"与话子昂、伯玉印记、入画寻诗"三个环节与游人进行互动；留云仙馆是陈子昂诗廉文化传承馆，呈现了射洪的历代名人和射洪历史上发生的那些具有深远影响的大事，以及"团结、实干、开拓、奉献"的射洪精神，以大廉不谦的担当想大事、干大事、成大事。

走出后院，我猛然发现：读书，不仅可以明志、博学，而且可以养廉。陈子昂是一个勤奋好学、追求上进的人，他依靠读书实现了自己的理想和抱负；他又是一个善于思考、敢于创新的人，他革故鼎新开创了唐朝的"一代诗风"；他更是一个清正廉洁、刚直不阿的人，他不亢不卑，直言进谏，是针砭时弊的斗士。"宁为玉碎，不为瓦全。"虽然他英年早逝，41岁就冤死狱中，但是他生命的厚度远远超过了生命的长度，这不仅是他人生的价值所在，而且是我们今天所需要的精神养分。我们应把读书作为自己一生的高尚追求，养成爱读书、读好书、善读书的良好习惯，读到深处，行致远方，让读书成为人生成长进步的动力和源泉。

此时，太阳快要落山了，夕阳的余晖把整个读书台映衬得更加美丽，我们也该打道回府了！

探访灵泉寺

刚到遂宁就听说民间流传这样一首歌谣：

观音菩萨三姊妹，同锅吃饭各修行；
大姐修到灵泉寺，二姐修到广德寺；
只有三姐修得远，修到南海普陀山。

相传妙庄王没有儿子，只生了三个女儿，大公主取名妙清，在灵泉寺修行，二公主取名妙音，在广德寺修行，三公主取名妙善，在南海普陀山修行，也就是传说中的观音三姊妹。

远在南海的普陀寺暂且不说，闻名遐迩的灵泉寺和广德寺近在咫尺，来遂宁一晃快两年了，我还从未去过，何不借周末去看看呢？

原计划星期六上午九点钟出发，可是深夜下起了淅淅沥沥的秋雨，一觉醒来，仍不见停息。查看天气预报，绵绵细雨一直要持续到午后，登山的时间只好推迟到下午。

午后一点，我叫上报社小王，并邀二三好友，驱车来到位于遂宁市河东新区的灵泉山脚下。放眼望去，雨雾笼罩下灵泉山更多了几分神秘。车泊景区停车场后，我们沐浴着毛飞细雨朝景区大门口走去。久旱逢甘霖，大家都尽情享受着绵绵秋雨带来的清爽。雨，滴落在面颊上，顿感一丝凉意，飘落在嘴唇上，轻轻一抿，一股甘甜的味道沁人心脾。一场秋雨一场寒，此时 20 多度的气温与前些日子持续 40 多度的高温极端天气形成了强烈的反差，身着短袖的我感觉有点冷。进入景区大门，眼前是一口人造湖泊，名曰"观音湖"。清凌凌的湖面上，雾霭低沉，海鸥翔集，百鸟啁啾。沿湖堤右行数十米，便来到检疫检票口，同行的只有我是在遂工作的外地户口，按照规定，外地户口需要购票。热情的朋友抢先步行到两百米外的游客中心去购票，不料游客中心却关门上锁，返回时检票员才告诉我们网上可以购票，没想到网上购票比游客中心更便宜。扫场所码和出示行程码后，我们沿着湖边朝湖尾走去。

来到观音湖尾，一个巨大的广场静静地陈列在那里。随行的朋友告诉我，那就是万佛广场，之所以被称为"万佛广场",是因为广场刻有观音圣像 5 万多尊。万佛广场占地面积 7919 平方米,919 即观音出家的日子。我们来到广场的基座旁仔细察看,基座分为三大层,每大层分九小层,观音圣像就分布在各小层中,由于长期风霜雪雨的侵蚀,有的圣像已显得模糊不清,有的圣像上面已长满了苔藓。沿阶而上来到广场上,广场的中央是一个莲花金座,金座壁上有 108 尊贴金观音圣像,莲花金座之上塑有三面观音站立金像,将观音三姊妹融为一体,观音金像高 6.19 米,正合观音得道之日——6 月 19 日。据报社小王讲,观音从印度传入中国之前是三个男身,传入中国后才变成了三个女身,其真实性却无从考证。站在万佛广场既可观赏屹立于木鱼坡顶的观音三姐妹,又可眺望苍松密林掩映的灵泉寺上、下庙,还可领略独具匠心的灵泉湖、圣水湖和甘露池水趣,真正找到佛光普照,渐入佳境的感觉。

我们从万佛广场径直前行来到山麓下庙区,穿过哼哈殿、天王殿、大雄殿,从药师殿右侧拾级而上,路边时不时出现一个摊点,除了卖香烛的,还是卖香烛的,足见灵泉寺旺盛的香火。山上竹木交织,古木参天,多为柏木和黄连木,红布巾条缠身,似乎在给人一种"禁伐禁火"的警示。登上大约百级台阶,便来到两颗古柏"把守"的路口,这里就是山腰景区。五福堂和淼翰玉石堂就像两位空巢老人,孤独地守候在路边，它们的斜对面就是梵音亭和"三眼井"，不远处就是千龙壁。

走近梵音亭这座仿古重檐，只见它上覆黄色琉璃筒瓦，亭顶藻井坊梁是由著名书画家吴安和彩绘的花草人物，正檐上挂着四川佛教协会会长、佛学大师释宽霖书写的"梵音亭"木匾。亭下有池，水清可鉴。亭侧有井三眼，水质清冽，永不干涸，泉水下滴，似梵音，伴以上下庙馨声、经偈声、山林风涛声、鸟鸣声，悠然悦耳，恍如梵王宫阙四起。我和报社小王来到三眼井旁朝着井底呼喊，有的短暂清亮，有的雄浑绵长，通过回音就可辨别出井的深浅。据说井的深浅也代表着观音三姊妹修行的深浅。从回音来看，修行最深，非南海妙善莫属！

梵音亭背后有一长廊连接着千龙壁的龙头。千龙壁是一条长达近千米的石壁浮龙，从白虎嘴山麓一直延伸到半山腰的土地垭，时隐时现，千姿百态，腾空飞舞，或隐现于晴空白云之际，或环绕盘桓于大海波涛之中，并穿插飞天仙女人物图案，形成童鹤戏龙、游龙戏水、望子成龙、瑞龙献寿、鲤跳龙门、龙凤朝阳、骏龙腾飞、龙腾虎跃、巨龙献瑞、龙献大吉、四方乘龙 11 组龙的图案。上镌主龙两条及各形龙共999 条，故名千龙壁。异态奇形的龙子龙孙，既象征着太平盛世，民族吉祥，也展示了工匠们的独具匠心。

探访完山腰的三个景点后，我们沿西山路继续上行。迈上四五十级台阶，但见一棵胸径1米多古柏。古柏主干在离地3米处等分三枝，树高达30余米，劲直不屈，直指天空。这棵古柏曾有一段凄美的传说：

观音三姊妹化泉救了父亲和遂宁乡亲之后，将各自回到自己的道场继续修行。三妹妙善将回南海，姊妹三人走到山腰，相互拉着手，依依不舍。

三姊妹要在这里分别了，大姐妙清拉住妙善禁不住泪水长流，二姐妙音也抱着三妹痛哭。

她们知道，在此一别，此后她们的修行将以劫数为期，也就是说要过数万年她们才可能见面了。

三姊妹洒泪惜别。望着三妹妙善踏着彩云渐渐远去，二姐也飞向了西山，大姐留在了山顶。

不久，三姊妹伫立之处长出了一株柏树，柏树长到半人高，便分为三枝，这就是观音柏，传说中它被喻为观音三姊妹的化身。

观音柏的故事感动着无数人。观音柏下有一位香主长年驻守着，树根的平台上有香客们捐出的善款。我羞涩地捐出了包中仅有的几块零钱。随行的朋友玩笑道："耶，您身上还带有现金呢！"我说："现在带现金的人少了，最好叫他安个惠支付。"朋友又嘲笑我："您真是三句话不离本行，走到哪里就把业务宣传到哪里。如果真的安了惠支付，说不定生意还红火。"

从观音柏上行就到了西山门，进入西山门就进入了山顶上庙区。上庙区中有五福殿、观音殿和观音阁等景观。

进入观音殿，报社小王向我们讲述了观音三姊妹为病危的父亲念经祈祷，泪滴黄土，化为泉井，感天动地，父亲病愈的经过，以及观音圣水和观音寺的由来。

来到观音殿后门，上面挂着"香林德水"木匾。"笔法苍劲有力，一定出于名家之手。"我很是好奇。报社小王说："是林则徐所书。"我凑近一看，落款和印章果然是林则徐。林则徐怎么会到遂宁来？他为何要题写这块木匾？"香林德水"有何寓意？一连串的问题使我百思不得其解！报社小王便向我们讲起了这块木匾的来历：

相传，林则徐在虎门销烟之后，督率水师数十次打败前来挑衅的英国军队。这年十一月他又遵从道光皇帝的旨意，停止了中英贸易。道光十九年（1839年）十二月，清廷实授林则徐两广总督。鸦片战争开始后，英军陷定海，再北侵大沽。道光皇帝惊恐求和，把这一切归咎于林则徐。九月，林则徐被革职。道光二十一年（1841年）三月，林则徐受命赴浙江协办海防，五月充军伊犁。清道光二十三年（1843年），林则徐途经遂宁，不幸染上重病，卧床不起，无法前行。眼看所限之期将近，若耽误行期，则恐皇上问罪。随从们四处请来当地名医，但他的病情不仅没有好转，反而愈发加重。当地县令来看望林则徐，说起灵泉观音和圣水治病之事，劝林则徐不妨一试。据说，他在饮下圣水后，沉疴消退，遂挥毫写下"香林德水"四个大字。

听完小王津津乐道的讲述，真没想到，"香林德水"的背后还隐藏着这样一个故事，对于我这个第一次来灵泉寺的人而言，算是长见识了！

观音殿背后是一个小广场，小广场的山壁上立有的"七泉"二字，一下子吸引了我的眼球。之前翻阅遂宁县志，里面有这样的记载："县东七里灵泉山，数峰壁立，绝顶有泉，绀碧甘美，不溢不涸。"壁间镌"七泉"二字，为宋苏东坡所书，并有苏东坡的诗为证：

泉泉泉泉泉泉泉，古往今来不计年。
玉斧劈开天地髓，金钓钓出老龙涎。

但苏东坡手书的"七泉"二字勒石真迹，不幸毁于"文革"时期，现立于山壁上的"七泉"二字为当代书法家冉永辉所仿书。

我四处搜寻，却不见"七泉"的影子，但从朋友对"七泉"慷慨悲壮和绝处逢生的故事讲解中，我找到了"七泉"的答案，随口吟道：

见字不见泉，字在壁上悬。

泉踪何处觅，绝壁杨柳间。

从观音殿后面的小广场沿阶而上，便来到观音阁前面的大广场，这时天已放晴，天空出现了一道彩虹，横跨于观音阁上，此时的观音阁显得更加辉煌壮观。

观音阁高七层，登上阁顶，整个遂宁城尽收眼底。筑"三城"，兴"三都"，加速升腾"成渝之星"，促经济，搞建设，到处都是热火朝天的场面，整个遂宁正迸发出勃勃生机，呈现出一派欣欣向荣的景象。

广德寺之"最"

探访完灵泉寺，我们又来到位于遂宁城西卧龙山上、素有"西来第一禅林"之称的广德寺。

像这种佛门寺庙，其设计、构造和殿宇名称都大同小异，除了一些香客带着一份虔诚前去烧香拜佛以外，其余大多都是走马观花的游客，看不出什么门道，也说不出个所以然来。而我认为，广德寺，作为"西来第一禅林"，自有它皇家禅林之风范，那就细数一下它之"最"吧！

广德寺更名的次数最多。据史载，广德寺曾先后七次更名。它始建于唐朝，原名石佛寺；大历二年（767年），更名为保唐寺；大历十三年（778年），敕名"禅林寺"；德宗建中初年（780年），敕名善济寺；昭宗天复三年（903年），敕名"再兴禅林寺"；北宋真宗祥符四年（1011年），敕名"广利禅寺"；明武宗正德年间，敕赐"广德寺"。这些名字的由来，都与皇室宗亲有着十分密切的关系。据说武则天的第四子李显，即后来的唐中宗皇帝，有一个孙子李文通，就是广德寺的开山鼻祖克幽禅师。他虽然远离庙堂，但仍然牵挂着随时处于风雨飘摇之中的李唐王朝。他作为皇室的血脉宗亲，尽管已经看破红尘，但仍期望大唐江山永固，并得到观音菩萨的庇佑。于是他便将由自己担任住持的第一座寺庙"石佛寺"改名为"保唐寺"，这便是广德寺的第一次更名。至于其后寺庙多次更名，其间的故事也很曲折。

广德寺在大西南古寺庙建筑中规模最大。据传佛教传入中国的线路有两条，一条是东线，一条是西线，广德寺是西传线路中第一个被皇帝赐名的禅林寺庙，因此，被誉为"西来第一禅林"。广德寺建筑面积20000多平方米，其建筑群十分宏伟，在西部梵宇中首屈一指。它始建于唐开元年间，以"大雄宝殿"为轴心，呈三列纵向分布，从山麓至山顶，共有九层殿宇，亭榭二十六处，大小殿舍二十余幢，主次分明，左右对称，有宋代建筑布局风格。整个寺院坐落于卧龙山间，从圆觉桥傍山递进，以半山龙准所建"大雄宝殿"为轴心。上建毗卢殿、三官殿、佛顶阁；下建天王殿、圣旨坊、哼哈殿、圆觉桥。同天王殿平行往上，左有东岳殿、千佛楼、燃灯殿，右有南岳殿、轮藏殿、钱库房、观音殿，左右殿楼相望。东法堂的送子殿、千手观音殿与西法堂的千手大悲阁、玉佛殿遥相呼应。七级的善济塔矗立在观音殿后、大雄殿右侧。禅堂、法堂、经楼、五观堂、僧寮、香积厨、假房分列东西两旁。广德寺因其建筑规模宏大而显王者气度，曾是西南最大的寺庙建筑群。

广德寺敕封的次数最多。广德寺历经唐、宋、明朝，先后被皇帝十一次敕封。唐代宗大历十三年六月（778年），代宗颁旨敕赐"保唐寺"更名为"禅林寺"，又赐住持紫衣袈裟，并赐法号为克幽，由国库拨银，诏令大规模修缮遂州禅林寺，命颜真卿书写寺名，这是第一次敕封。唐德宗建中三年（782年），天大旱，民众挣扎于水深火热之中。相传，克幽禅师祈祷：观音大慈大悲，普济众生。果不其然，干燥的岩石中，一道甘泉汩汩涌出，下滴为井，救活了遂州一方民众。唐德宗感慨观音菩萨普济众生，于是亲赐"禅林寺"为"善济寺"，这是第二次敕封。唐武宗会昌五年（845年），武宗诏令全国灭佛兴道，普济寺被毁，克幽禅师灵塔下陷。唐昭宗天复三年（903年），昭宗知道普济寺开山鼻祖是皇族高祖李文通，更知道普济寺是世间三大寺之一，于是，赐册重建克幽禅师灵塔，并复兴"普济寺"，将"普济寺"赐名为"再兴禅林寺"，这是第三次敕封。从唐代大历年间始，佛教禅宗大兴，蜀都克幽禅师成为全国禅宗"三大士"之首。到北宋时期，克幽禅师的佛法和精神世代相传，北宋真宗（赵

恒）咸平元年（998年）十月，其父宋太宗赵匡胤亲笔御书
敕赐"再兴禅林寺"，这是第四次敕封。北宋真宗时期，朝
野普遍认为，克幽大师即为观音菩萨化身，于是，朝廷正式
认可遂州为观音故里，并敕封为观音道场。北宋真宗（赵
恒）大中祥符四年（1011年）正月，敕赐"再兴禅林寺"
为"广利禅寺"，并用最珍贵的和田玉刻"广利禅寺观音珠
宝印"一枚。朝廷派钦差带宗庙主持大师，由大批御林军护
送，浩浩汤汤前往遂州赐印。这方印独一无二，价值连城。
这是第五次敕封。北宋仁宗（赵祯）皇祐三年（1051年）六
月，亲笔书写二轴，赐予广利寺，这是第六次敕封。敕赐
"克幽禅师"谥号并赐塔名，这是第七次敕封。赐惟靖女尼
为"佛通大师"，这是第八次敕封。赐克幽为"圆觉慧应慈
感大师"，这是第九次敕封。第十次敕封，赐无际禅师为
"宗师"。第十一次敕封在明朝武宗（朱厚照）正德八年
（1513年）。明武宗敬仰高僧克幽禅师法传千古，广施德泽，
又知道广德寺寺名变迁的曲折历史，于是下诏将"广利寺"
改为"广德寺"，此名一直沿用至今。其实，广德寺数次更
名都是有缘由的，皇帝十一次敕封中就蕴含着广德寺更名的
故事。

广德寺的文物最宝贵。目前广德寺收藏着五件国家级文
物，又称"五宝"。由于广德寺被历代王朝敕封为皇家禅林，

所以广德寺"五宝"也与皇家有关。第一件宝物：宋代玉印"广利禅寺观音珠宝印"。此印是朝廷确认广德寺为"观音道场"的法印，为广德寺的镇寺之宝、国家一级文物。第二件宝物：明代玉印"敕赐广德寺"。此印上面刻有当时佛界盛行地区的四种文字：第一行为汉字"敕赐广德禅寺"，第二行为缅甸文，第三行为僧伽罗文，第四行为巴利文之拉丁字母。此印被称为天下佛国"护照"，为国家一级文物，凡僧众持加盖有这枚玉印的度牒，即可通行世界佛教界。第三件宝物是"缅甸玉佛"，系清福和尚从缅甸请回。借助殿内《玉佛西来记》碑文，可以去解读清福和尚独步十一万里，历尽千难万险的壮烈场面，去领略禅师为普度众生而敢下"地狱"的佛家真谛。第四件宝物乃"九龙宋碑"，碑立于中轴线之西。普济塔旁的宋代石碑，碑文记载着宋以前的历代皇帝对广德寺九次赐封，所以称为"九龙碑"。这是历代皇帝对遂宁广德寺情有独钟的历史见证，为国家二级文物。第五件宝物是"释迦舍利碑"。立于广德寺玉佛殿内，上面记载了广德寺另一位高僧真修大师（清福和尚）当年只身从锡兰迎请佛祖三粒舍利子到广德寺供奉的历史。遗憾的是，这三粒稀世珍宝舍利子后来被毁，现只剩下无言古碑了。

"醉"在郎酒庄园

"神采飞扬·中国郎!"一句激情澎湃的广告语不知触动了多少人的味蕾与神经。隆冬时节,恰逢周末,我们有幸前往这个"郎家有女初长成,养在深闺人未知"的地方——赤水河畔二郎镇郎酒庄园一探究竟。

星期六早上八点,我们驱车从成都出发,驶入蓉遵高速。汽车奔驰在广袤而富饶的川南大地上,晨雾笼罩下的山峦渐渐向后退去,车窗外不断变幻的景色让人目不暇接,太阳慢慢从云缝钻出来,温暖着这个萧瑟而寒冷的冬日,也安抚着一颗颗急不可耐的心。我们经自贡,过泸州,入贵州,抵达习水县马临镇,驶出高速,然后沿着赤水河上行大约20公里,便到达了郎酒庄园。一下车,一股浓浓的酒香味立刻扑鼻而来,沁人心脾,犹如给人打了一支兴奋剂,四个小时的舟车劳顿一下子便消失得无影无踪。

　　郎酒庄园位于赤水河左岸的二郎镇，占地 10 平方公里，建设用时超过 13 年，耗资逾百亿。10 平方公里之内，不但有总规划产能将达 5.5 万吨的五大生态酿酒区、世界最大天然储酒溶洞群和露天陶坛储酒库，也有五星级标准的度假酒店，还有沟壑与峭壁间巧夺天工的品酒中心、调酒中心等众多体验与观光景点。几代郎酒人因循这里的山、地、水、古法工艺精髓，最终打造出了一个如诗如画的"生、长、养、藏"新境地。

　　生在赤水河。郎酒庄园的"二郎、黄金坝、两河口、盘龙湾、吴家沟"五大生态酿酒区，均坐落在赤水河沿岸海拔 300—600 米的黄金酿酒区域内，独享最佳的产区优势、生态优势。走进黄金坝生态酿酒区生产车间，中间是一条过道，靠近过道两旁各有一排窖池，窖池旁边是一堆堆堆积如山的酒糟。在这里，工人师傅们通过两次投粮、七次取酒、八次发酵、九次蒸煮，一年一个周期酿造出基酒。五大生态酿酒区有力地保障了郎酒 5.5 万吨优质酱酒年产能。

　　长在天宝峰。沿着盘山公路来到海拔约 900 米的山峰，这里就是天宝峰十里香广场。输酒管线如同瓜藤一样从黄金坝生态酿酒区一直攀爬到山顶，十里香广场上布满了露天陶坛，这些露天陶坛如同瓜藤上结出的一个个金瓜，被密密麻麻的绿色藤蔓所覆盖。生态酿酒区酿出的新酒沿着输酒管线注入陶坛中，驯化野性，淬火祛烧，在千忆回香谷的山谷罐储中，吐纳天地，醇化生香。站在高高的山顶，遥望对岸上游的习酒和下游的茅台酒，片片厂房林立，鳞次栉比，气势恢宏，蔚为壮观，与郎酒庄园一起构成了中国酱香白酒"金三角"。

养在陶坛库。陶坛库位于沟壑与峭壁之间，前面是"中国郎·山谷光影秀"水池。沿水池上面的过道步入一座形似倒立酒坛的建筑物，那就是金樽堡，它是由 15 万块陶砖垒砌而成的。在酒堡里面，是上下通达的螺旋梯，人行其中，就像酒分子在酒坛里活跃旋转一般。酒堡的屋顶通天，人居其里，可直观天象，使人油然而生"举头望明月，低头闻酒香"之感。从酒堡上部出口过便道，便可进入储酒区，万只酒坛整整齐齐地摆放在那里，像一尊尊列队的罗汉，可以储存上万吨美酒。原来历经天宝峰成长的酱香原酒，沿输酒管线飞降至金樽堡，就在室内这些酒坛中凝神静养，醇化生香。走过储酒区中间 28 米室内天桥，便来到一个可以容纳 20 多人的品鉴、调制中心，在那里你可以品尝到不同年份的郎酒，也可以在调酒师的示范下，体验一把调酒的乐趣，根据个人喜好，调制一瓶专属的酒。有道是"人与人不同，调出百般味"。

藏在天宝洞。天宝洞是郎酒庄园的秘境，位于庄园的半山腰，它与地宝洞、仁和洞形成全球最大的天然储酒洞群，是大自然馈赠郎酒的耀世瑰宝，再加上郎酒人数十年的精心雕琢，九曲栈道、红运阁、洞仙别院、地宝洞、天宝洞、青云梯、青云阁、仁和洞，千廊回转，连成一片，成了庄园内一串闪亮的星星，真可谓：天工人可代，人工天不如。陈年老酒被送到这些天然储酒洞闭关修炼，经过时间的沉淀，得道出关。此时，不由得使我想起了著名作家阿来的两句诗：老酒洞中睡觉，酒糟风中飘香。

参观完郎酒庄园，我被这个全球一流的现代化白酒庄园震撼，陶醉在郎酒庄园的山水间，陶醉在这天赐的琼浆玉液里，然而，酒不醉人人自醉，醉翁之意却不在酒。

"醉"在一种文化里。文化是魂。郎酒文化就是郎酒之魂。中国的酒文化源远流长，博大精深。杜康造酒说：杜康"有饭不尽，委之空桑，郁绪成味，久蓄气芳，本出于代，不由奇方"。魏武帝乐府诗曰："何以解忧，唯有杜康。"大多数人认为，酒就是杜康所创。郎酒问世于清代末年，通过几代郎酒人的共同努力和现任董事长汪俊林的精心呵护，打造了一个如诗如画的"生、长、养、藏"的新境地。追求"极致品质"，一切只为"酿好酒"，这就是对郎酒文化最经典的概括。入夜，赤水两岸，灯火通明，夜如白昼，郎酒广场，歌舞升平，烧烤摊前，炊烟缭绕，觥筹交错，美酒飘香，但还是最值得去陶坛库前观赏一场"中国郎·山谷光影秀"，它通过"酒香传世千古情""赤水佳酿承丹心""浑然天成酒中尊""神采飞扬·中国郎"四个篇章，既完美地再现了郎酒的发展历程和郎酒的红色基因，又向公众展示了郎酒的品牌形象。郎酒文化令人回味悠长，让人陶醉其中。

"醉"在两种精神里。精神就是动力。郎酒精神就是工匠精神和企业家精神，是郎酒发展壮大的不竭动力。郎酒从高粱种植到制酒曲、下沙、窖藏、洞藏，久久为功，历经数十年的工艺沉淀，形成了酱香型白酒独特的"12987"酿造法则。一瓶红花郎，从生产、储存到包装出厂，需要五年以上光阴沉淀，这种长时间沉淀的独特酿造法则就是郎酒的工匠精神。同时通过几代郎酒人的拼搏奋斗，不仅创造了今天郎酒庄园这样的规模，而且坚持传统工艺与现代科技相结合，成立了郎酒品质研究院和7个大师工作室。产、学、研结合，大胆探索，勇于创新，建世界一流的白酒庄园，这种全球视野和战略格局，难道不是值得我们仰慕的企业家精神吗？

"醉"在"三品"战略里。所谓战略就是战术和谋略。"三品"：即品质、品牌、品味。郎酒集团董事长汪俊林把郎酒想象成一个简单的系统：一只手，攥着一根有弹性的线，线的另一端系着一个球。这只手，就是品质；那根有弹性的线，就是品味；那只球，就是品牌。他认为，品质过硬，就会源源不断地输出动力；品味灵活，越符合大多数人的要求，半径就越长，半径越长，品牌影响力就越大。因此，"酿好酒"就是一代又一代郎酒人的使命。坚守"正心正德、敬畏自然、崇尚科学、酿好酒"，追求品质、品牌、品味，把美好生活与快乐、艺术、匠心酿进酒里，让每一滴郎酒里都有庄园的味道、郎酒人的匠心、中国郎的气度，郎酒的路自然会越走越宽。

一阵微风把我从陶醉中唤醒，我随即吟出一首诗来：日照赤水生紫烟，酿成玉液万万千。追求三品存高远，郎酒精神代代传。

远处飘来的歌声

"一条大河波浪宽，风吹稻花香两岸，我家就在岸上住，听惯了艄公的号子，看惯了船上的白帆……"清晨，一阵悠扬的歌声从窗外飘进来，把人撩拨得心神荡漾，我站在阳台上侧耳倾听，那歌声就来自旁边公园深处。

下楼循声而去，漫步锦江绿道，刚刚冲洗过的道路弥漫着一股潮湿的味道，初冬慵懒的阳光倾泻而下，照在静静流淌的府河上，粼粼波光更显刺眼，一摄影爱好者正端着相机把镜头对准一群翻飞的白鹤，绿道两旁的密林中，小鸟叽叽喳喳叫个不停，绿道上晨跑、散步的人络绎不绝，宽敞的歇息处一对夫妇正悠闲地打着太极……好一幅公园城市美景图。正如唐代诗人李白诗云：

九天开出一成都，万户千门入画图。

草树云山如锦绣，秦川得及此间无。

　　放眼望去，前面靠近河边的不远处，一个人正吹奏着萨克斯，那激越的乐曲声一下子把我吸引了过去。我走近一看，他头戴一顶白色运动帽，身穿一套黑色休闲服，黝黑的脸庞上镶嵌着一双炯炯有神的小眼睛，正使劲地鼓着腮帮吹奏着，面前立着的曲词架单上显示的曲目是《蒙古人》。待他一曲吹奏完毕，我试探性地问："你吹的是什么曲子？"他微笑着用不太标准的普通话说："草原歌曲。我才学吹，吹得不好。"我问："你是哪里人？"他说："我是甘肃人。""你住在成都？"我又问。"我女儿在这边，我就住在河对面，不过在甘肃住的时间要多一些。"他答道。"那你慢慢吹吧！"我不好过多地打扰他，便打过招呼离他而去。

　　沿着公园的人行小径，我来到公园的最深处。那是一个大约三四十平方米的空旷憩息地，一队人马正聚精会神地吹奏着，一个男指挥在为他们打着节拍，旁边一位先生手里拿着两根像短棍一样的东西在空中挥舞着……吹奏结束，我问旁边那位先生："你们用的是什么乐器？"他告诉我，他手中挥舞那两根短棍是在打空气鼓，他们吹奏的是电吹管。我拿过那两根短棍试着舞弄了几下，发现挥舞的角度不同，空气鼓发出声音就不同，仔细一看，上面还有按钮。"看来就连打空气鼓也有奥秘。"我心里想。这时，一位大姐走过来把手机交给我，请我给她们拍视频，我爽快地答应了下来。

　　一曲《我的祖国》合奏又开始了，那穿越时空的旋律，充满着青春的活力和团结的力量，表达着对祖国、对家乡的无限热爱，缓缓地从电吹管中流淌出来，飘荡在公园上空，每一个音符都是对生活的礼赞。指挥有力地挥舞着手臂，吹奏者沉浸在优美的乐曲中，我则在一旁举着手机慢慢地移动着，捕捉着每一个精彩的瞬间，记录着每一位吹奏者的那份投入。一曲终了，我把手机交还给那位大姐，她点开一看，称赞道："拍得太好了！"我回应道："不是我拍得好，是你们吹奏得好！"走进新时代，迈上入新征程，那歌声不仅代表着人们的心声，而且奏出了时代最强音。

　　"何不借此找点写作素材呢？"我心里想。"大姐，加个微信吧！"我说。"加微信找他。"她指着那个男指挥。我走过去对那位男指挥说："老师，加个微信嘛！"他面带难色正犹豫着，我继续说："我在银行工作，不会给你找麻烦，我只是想了解点情况写写你们乐队。我的微信朋友圈是开放的，不信你可以进去浏览。"这时，他才半信半疑地掏出手机勉强加了我的微信，我由此才知道他叫老 K，是这支队伍的头儿。我问："你们这个乐队叫什么组合？"老 K 说："也算不上什么组合，我们是朝晖合唱队，就是万里山河尽朝晖的那个朝晖。""有多少人呢?"我问。"也就十来个人,都是住在半岛城邦的老年人,他们有的才加入一年,都还没完全学会识谱。"老 K 介绍道。时光如水,岁月如歌,把日子过成歌,让时光伴随歌声慢慢流淌,这就是他们想要的生活。

我还想继续和他攀谈,可他们的吹奏又开始了。高亢激昂的红歌《映山红》,缠绵悱恻的信天游《梦中的兰花花》,豪迈奔放的草原情歌《画你》,饱含浓浓乡愁的《雁南飞》等一首首经典歌曲被他们演绎得出神入化,有如天籁,引来了大批围观者,有老年人,有中年人,还有带小孩的年轻人……歌声带着大家穿越天地时空,驰骋南北西东,此时浮现在人们脑海中的是一首诗,是一幅画,更是一种生命的原动力。我的血液在加速流动,每个毛孔都在膨胀,心随乐曲起伏,仿佛时间凝固,不由得使我想起了李清照的《如梦令》:"常记溪亭日暮,沉醉不知归路……"

"每到星期三,来这里的人更多、更热闹!"打空气鼓的那位老先生告诉我——可见音乐已经成为市民生活的一部分。

乐队是城市的一道靓丽风景,它不仅丰富了市民的生活,还增添了城市的魅力,怪不得人们说,成都,是一座走了还想来、来了就不想走的城市!

遇见温暖

近段时间，每天步行万步以上，对于长期疏于运动的我来说，腿脚开始酸胀，甚至都有些发麻了。

今天妻子和朋友外出游玩去了，女儿也不在家，正在上高一的儿子被陷在了作业的漩涡里，一时间我成了家里的"光杆司令"。"难得有这样的清闲时光，正好可以到对面小区去做个足疗，缓解一下疲劳。"我心里想。

午饭后小憩，大约两点半钟出门。深秋的阳光洒在街道两旁的银杏树上升腾起一团红色的光圈，金黄色的银杏叶在秋风中飘落翻飞，给街道两旁铺上了一层薄薄的地毯，走在上面软绵绵的。出小区门步行穿过立交桥，便到了对面小区的街道上。

在这条街道上，大大小小的足浴店有五六家，而 ZYY 专业修脚房就有两家。一条街道能有两家同样的修脚房说明它的生意很不错，一番斟酌之后，我选择了这家专业修脚房。

走进店内，逼仄的店堂除了靠左边墙壁一字排开地摆放着八个足疗座椅外，就只剩下一条窄窄的过道了。店堂虽小，上下两层，生意火爆，座无虚席，大约过了两分钟，两个座位便腾空出来，我选择靠近门口的第二个位置坐了下来。

一位50岁上下、身材健硕的足疗师走过来要为我服务。我上下打量了一番，从年龄上看，他的足疗技术肯定不错，他又很壮实，力道肯定还可以，正是我需要的类型。他把服务项目牌拿给我看，上面60、70、80、90分钟的项目都有，而且还有780元、980元的套餐，套餐可以做10次。他极力向我推荐90分钟的足疗项目："这个项目泡脚是大桶，而且用的药水比其他项目好一些，时间长，能够使每个穴位得到充分按摩，感觉要舒服得多。"

凭着他对产品的熟悉程度和巧舌如簧的营销技巧，我决定姑且相信他一次，反正星期天下午也没有别的事，时间充足，只不过90分钟的足疗比80分钟的足疗多20元钱罢了——我彻底被他的营销能力征服了。

打来水，泡好脚，反坐在按摩凳上，他开始给我做上身按摩。我抬头看见墙壁上贴着一张字牌，上面写着足疗按摩的步骤，一共49个，上身按摩22个，腿部按摩27个。浴足有足道，足道讲流程。我跟师傅开玩笑道："那上面写的49

个步骤，我要看看你是不是都做到了。"他一边笑一边一丝不苟地做着每一个动作："你对照着看吧！"从他的手法和我的感觉来看，他的足疗技术相当专业，我对他的服务挺满意。七十二行，行行出状元，说得好不如做得好。看来无论干哪一行，都应该干一行、爱一行，钻一行、精一行。

"这个修脚房是全国连锁店，它的创始人是 ZYY，安康人，你是哪里人呢?"我问。

"我也是安康人。"他答道。

"看来你也沾了他的光。"我毫不掩饰地说："一个人能够在外打拼一项事业，带富一方百姓，搞活一方经济，就是家乡人的骄傲，也是人们学习的榜样！"

店里的人来了又走，走了又来。不一会儿，我旁边来了一位年轻人要修脚。一直坐在对面憨笑的小伙子被安排去为他服务，一眼就能看出，他是店里人手紧缺才招进来的新手。果不其然，没过多久，他就将顾客的脚趾划破了一道口子。我斜眼一看，客人的大脚趾尖正冒着鲜血。修脚小伙子的脸一下子就红了，拿修脚刀的手在颤抖，口中连说了几个"对不起"。

"算了，你别修了，免得你提心吊胆，我也提心吊胆！"年轻人微笑着说。这个年轻人不仅表现出了良好的修养，还保持着极度的淡定，真出乎我的意料。

此时，给我做足疗的技师说："你先用棉签为他止血，然后再用足疗盐给他搓脚，待我做完这个顾客的足疗之后，再来替你这位客人修脚。"

好人一句话，温暖你我他。他不仅为小伙子解了围，而且使小伙子在手忙脚乱中踏实了下来，找到足疗盐，开始给年轻人搓起脚来。

"师傅，你还要多久才能做完足疗呢？"听了足疗技师的话，年轻人问道。

"大概20分钟吧！"足疗技师答道。

"我还有事，等不及了！"年轻人说。

"那就跟楼上做足部按摩的店长打个调！"足疗技师心生一计。

修完脚，年轻人漫步走出了店堂。我心里在想，他下次还会遇见那个修脚的小伙子吗？

巴城有座白塔山

　　为了不给节假日出行的人们添堵，我们全家人决定这个国庆假期（2021年）回老家去。10月1日，早上6点我们就驱车从成都出发了。

　　莫道君行早，更有早行人。虽是提早错峰出行，可路上车辆依然很多，路途依旧拥堵，回家的路总是显得那么遥远而漫长。回到家中已是中午12点了，平常不到四个小时的车程竟用了六个小时。晚上表妹夫打来电话说，他们已从天津回幺幺家过国庆节来了。两年不见，甚是想念。我们约定第二天在白塔山幺幺家相聚，正好也去游一游多年未曾光顾的白塔山。

　　白塔山，位于四川省巴中市巴州城东郊2.5公里，白塔山因白塔而得名。白塔，原名凌云塔，是川北造型最美丽的高层建筑之一，平面成八角形，塔高43米，共13层，系清道光十年（1830 年）巴州知州陆成本任内所建。白塔结构内部为石，外部为砖，砖石合砌而成，内部石梯成螺旋式，共11 层，顶部二层为实心。白塔每层用砖砌出券窗 8 个，塔内每层有石造塔室一个，建筑质量相当坚固。川北军备道前四川学使、会稽吴杰题曰："共登青云梯以为人文振兴之兆气。"意即"登临此塔有人脉文气兴旺之吉祥征兆"。远远望去，白塔如同一根桅杆稳稳地插在一艘大船上，将整个巴州城牢牢地固定在这片红色的土地上。巴中，曾是全国第二大苏区川陕革命根据地的重要组成部分，当年 12 万人参加红军，4 万人献出了宝贵生命，英勇的巴中人民用血肉之躯铸就了"智勇坚定，排难创新，团结奋斗，不胜不休"的红军精神。

从巴州城去白塔山的路有三条，一条可以乘车从山脚沿公路盘旋而至，另一条可以从山脚抄小道竖直登顶，还有一条需绕道经开区至凉水井折返到达。

2 号早上，太阳慢慢爬上山头，喧嚣的蝉虫关闭了嗓门，初秋的空气略显湿润，秋阳照耀下的白塔熠熠生辉。我们驱车出城来到通往白塔山的路口，那里赫然立着一块牌子，上面写着："公路滑坡整修，请绕道行驶！"我们只好按交通指示牌绕道前往白塔山。

来到白塔山公园门口，表妹大早已等候在那里。我们首先来到白塔，这里曾经是我儿时的乐园。站在白塔边，我放开嗓子，振臂疾呼，再次体验一把"登高而招，臂非加长也，而见者远；顺风而呼，声非加疾也，而闻者彰"的快感。眺望巴城，幢幢高楼，鳞次栉比，护城河堤，修葺一新，阡陌交通，绿树成荫，河道清澈，玉带缠腰，曾经低矮破旧的蓝顶子房屋不见了，污泥臭水沟不见了，灰蒙蒙的天空不见了，取而代之的是碧空万里、绿水青山、优美整洁的山水园林城市，好一幅"山中画中、秀美巴中"新画卷。

回望白塔，塔门已经上锁关闭。据说因受地震影响，现在不能登塔观景了。但儿时的那一幕幕又浮现在眼前：夏季，大人们在附近的田间劳作，我们几个小伙伴则在这里追逐嬉戏，玩抓小鸡、捉迷藏的游戏，时而躲进白塔护院，时而爬上高高的塔顶。不时有一股凉风洞穿劵窗，在炎热的夏天使人神清气爽；冬天，则有"高处不胜寒"之感，透过劵窗，远山近物、蓝天碧水尽收眼底。今天虽然不能再登塔观景，但儿时的我已在塔顶上看到过最美的风景，自然不会有任何遗憾。

从白塔朝北行步行数十步就是晏阳初博物馆。该博物馆是为纪念世界平民教育家晏阳初博士而投资修建的，始建于2003年，其前身为"晏阳初文化公园"，总占地面积60余亩，建筑面积1200余平方米。由晏阳初博士史迹展览馆、晏阳初墓、晏阳初博士汉白玉雕像、巴中名人园及董修武墓等景观构成。成片的建筑群，布局合理，浑然一体，散发出厚重的历史文化气息。

1890 年晏阳初出生在四川巴中县城，幼年时期在家乡私塾习读"四书五经"，青年时期到海外留学。1918 年，他在法国战场开办了华工识字班。在那里，他目睹了华工无知无识的窘境，便萌生了为劳苦大众脱贫治愚的理想。1920 年从美国普林斯顿大学毕业后，晏阳初回到中国，开始了他在中国长达 20 多年的平民教育和乡村建设运动。从 20 世纪初叶至 1990 年病逝，他先后在亚洲、非洲、拉丁美洲等地从事平民教育运动，获得了世界性的认可。1943 年，他与爱因斯坦等人同获"现代世界最具革命性贡献十大伟人"殊荣。1950 年任国际平民教育促进会主席、联合国教科文组织特别顾问等职。1960 年在菲律宾创办国际乡村改造学院。正如晏阳初曾经所说，他将用他的双手和灵魂投入工作，直至打碎将人民束缚在贫困、无知、疾病和自私之中的锁链。

晏阳初博物馆陈列展出了晏阳初史迹文物及各类资料 2461 件，文献资料图片、音像制品 500 余件（册），文字资料 2000 余万字。其中有晏阳初遗物、手迹、笔记、原版照片及名人题词、书画等珍贵文物，是目前全国范围宣传晏阳初平民教育思想和乡村改造运动理论中规模最大、馆藏文物最丰富的博物馆。

　　步入晏阳初博物馆，我们在一张张展板前驻足停留，在一件件文物前细细品味，在一个个史迹中探寻谜底……晏阳初博士的平民教育思想和乡村改造理论既是一座世界级的精神宝库，更是对中华民族优秀文化基因的传承；既是为全世界人民提供所需要的精神养分，更是对中华民族文化自信的最好诠释！更让人难以想象的是，这位世纪老人穷尽毕生精力，以民间行为方式，推动、整合各种资源，成功开展了一系列令全世界瞩目的变革，实在难能可贵。而这一切居然与今天我们的脱贫攻坚和乡村振兴战略高度契合，不得不令人景仰！

　　从晏阳初博物馆西行 50 米，有一个偌大的游乐园。游乐园内摩天轮、过山车、碰碰车、旋转木马、儿童滑梯、高山滑道等游乐设施一应俱全，熙熙攘攘的游客把节日的快乐挥洒得痛快，欢声笑语洒满天际。周边的农户早已退耕入园，他们或在园区打工，或开起了小卖部，或办起了农家乐，或开办了乡村民宿……家家户户都有致富门路，而且收入高出了原来的好几倍。交谈中，他们自信满满，个个脸上都洋溢着幸福的微笑。我们徜徉在挂满国旗的那一抹红色里，共享国强民富的喜悦，心里有说不出的高兴。"小康不小康，关键看老乡！"我在这里找到了答案。

　　白塔山，我儿时的乐园，人们的精神家园，文旅融合的样板，一个令人心驰神往的地方。

打卡"云上青山"

又到周末，我回到了老家巴中，一家人满是欢喜，探望过父母、料理完家事之后，应朋友之约，前去打卡"云上青山"。

云上青山，就是巴州区平梁镇辖内的青包山，雨后白云悠悠，漫上青山，不知是谁见此情景就给它起了一个富有诗意的名字——"云上青山"。这里海拔 1150 米，年平均气温 18℃，夏季最高气温不超过 30℃，年降雨量 1200mm，森林覆盖率达 97%，整座大山如同一个天然大氧吧。

20 世纪 90 年代中期，我在青山信用社工作时，青包山只有一条通往外界的狭窄的泥结石路，坑坑洼洼，出行相当困难，真可谓："蜀道难，难于上青天！"作为服务"三农"的主力军，我们每天都要在那条泥结石路上来回奔波，亲身经历"晴天一身汗，雨天一身泥"的艰难困苦，翻山越岭，进村入户，杨家圈养了多少头牛，冯家放养了多少只羊，蹇家喂养了多少头猪……我们都一清二楚；哪家的生猪快出栏了，哪家的贷款要到期了，哪家还缺钱购买农资……我们都了然于胸。多少个寒来暑往，多少个春夏秋冬，我们背包下乡，上门服务，铸就了农信人"走遍千山万水，道尽千言万语，想尽千方百计，吃尽千辛万苦"的"四千"精神，极大地丰富了当时的农行"巴中模式"内涵。尽管如此，当地百姓仍旧只能在贫困线上挣扎，那时候闭塞落后的青包山留给我的印象只有一个字：穷！

八月的巴中，满目葱绿，生机勃勃。我们驱车从市区出发，翻断垭场，过相坪村，穿青山场，上"青山场——青包山"快速通道，离云上青山越近，我那份"近乡情更怯"的感觉就愈加强烈。大约四十分钟车程，就到了——"云上青山"，四个赫然醒目的白色大字映入我的眼帘。时隔近三十年，虽然曾经这里的一草一木、一景一物、一人一事仍历历在目，眼前的云上青山仍完全颠覆了我曾经对它的认知。

阡陌交通，四通八达。从面上看，这里已形成了以"云上青山"为中心的放射状交通网络，进出云上青山的道路总共有4条，交通十分便捷、畅达；从线上看，云上青山不仅是"巴城—莲花山—青包山—阴灵山—天马山—化湖风景区—巴城"闭合旅游环线上的一个重要接点，而且是一个网红打卡地；从点上看，林间的景观游步道纵横交错，首尾相连。漫步林间栈道，一阵微风吹过，万顷森林碧波荡漾，林间涛声阵阵，空气清新湿润，令人心旷神怡。

产业布局，集中连片。自脱贫攻坚以来，云上青山整个规划区形成了"一心两轴三片多点"的产业布局结构。"一心"，即青包山游客接待及康养服务中心；"两轴"，就是贯穿青包山村的旅游发展轴和经济生产轴；"三片"，即南、北两侧的生态粮油田园发展片、文旅康养发展片，以及中部的果药种植片；"多点"，就是分布于青包山村域内的有机养殖和林下养殖点。通过"一心两轴三片多点"布局，逐步构建起生产、生活、生态"三生和谐"的新田园、新乡村模式。我们来到中部的果药种植片，一颗颗黄金梨、红脆李挂满枝头，令人垂涎欲滴。正在园中劳作、似曾相识的杨老汉说，他以前在外面打工，一年到头只能挣到四五万元，现在在家门口打工，一个人有土地流转、村集体经济分红和打工三份收入，加起来至少也有五六万元，比在外面打工强多了。说话间，他的眼睛因愉悦而眯成了一条缝。据导游讲，要是四五月份来到这里，漫山遍野栀子花开，香气扑鼻，蝶飞蜂舞，浑身舒爽，陶醉其中，让人流连忘返。

文旅康养，人人向往。目前云上青山已建成集游客中心、特色餐饮中心、商务会议中心、文化民宿、农耕广场、露营基地、停车功能于一体的游客接待综合体和大型曲艺儿童游乐园。在儿童游乐园，各种游乐设施一应俱全，孩子们玩得正欢。来到附近的一家民宿，我和店老板攀谈起来："在你这里住一晚上需要多少钱？""我们这里的房间大多是一套二，一家三口住足够了，住一晚上 380 元，很便宜！"他答道。"住宿的人多不多？"我又问。"夏季这里是城里人的向往之地，前来避暑、度假的人很多，几天前房间就订完了。"他笑着告诉我。"原来这里的民宿生意还这样火爆！"我心里想。来到游客服务中心，工作人员告诉我，今年上半年云上青山接待游客已超过 2 万人次，实现旅游收入已超过 200 万元。青包山人富了、笑了！

十八月潭，我想把你爱个够

本想借公休来一场说走就走的旅行，眼下却因为一些特殊原因无法成行。遂同家人商量，回老家到南江光雾山去，那里有"春看杜鹃夏避暑，秋赏红叶冬观雪"的美誉。一方面可以给自己疲惫的心放个假，另一方面，可以把人生调成静音模式，让生活静下来，让心静下来，然后再来个"满血复活"。

几经打听，周末光雾山桃园和大坝景区已经客满，幸好朋友在十八月潭景区帮我订到了几间民宿，星期天晚上可以办理入住。

星期天，烈日下的巴城如同一个巨大的火炉，人们像烤熟了红薯，个个软粑粑的，有气无力地拖着慵懒的身躯，地面温度高达41摄氏度，创下了近20年来的高温纪录。下午3点，我们驱车准时从巴中市区出发，沿巴南高速行驶，到达南江南下高速，后经断渠公园，过流坝乡、杨坝乡……逼仄的065乡道刚好容下两辆汽车交错通行，小溪低吟浅唱，自西向东奔腾而去，大山连绵起伏，山路弯弯相连，汽车时而盘旋而上，时而绕山而下，气温随着海拔的升高在慢慢降低，最后到达了位于海拔1400米的下榻地——十八月潭景区内的十八月潭民宿，此时气温已降到25摄氏度。从巴城到十八月潭景区全程约120公里，需经两次核酸查验登记，用时两小时二十分。我们一家就下榻在山岚居，姓薛的老板热情接待了我们。

傍晚时分，天空突然下起了大雨，持续了大约十分钟。雨过天晴，青山如黛，碧空如洗，空气氤氲，清爽异常，山间云雾缭绕，我们舍不得这神仙般梦幻之景从眼前溜走，身着T恤衫漫步河边，手臂间有一股透骨的凉，让人倍感惬意，怪不得炎炎夏日那么多人钟爱着这座大山。

入夜，外面又下起了雨来，气温更低了，空旷的山野万籁俱寂，我们裹着棉被枕着滴滴答答的雨声进入了梦乡。

第二天清晨，太阳从山坳间探出头来，霞光万丈。我们迎着朝阳从下榻地出发，驱车沿山道上行五公里，来到十八月潭上入口。

十八月潭位于南江县光雾山与石人山脚下，原名珍珠沟，由光雾山主峰、石人山两支溪流汇合而成，长约3.5公里，境内瀑布密布，颇为壮观。景点内有许多自然天成的瀑布紧依相连，每一个潭都有一道相应的瀑布，瀑潭相连，潭如明镜，瀑似朱玉，十八个神造仙成的瀑潭，形态各异，大小不一，似颗颗珍珠缀成的长长珠链，故称为"十八月潭"。

我们从上入口进入景区，吸吮着湿润香甜的空气，听蝉噪鸟鸣，绿树掩映，寂寥无人，幽邃寒骨，闻水声，如鸣珮环，心乐之。沿栈道朝东西向步行 440 米，来到顶部第一潭——金龟潭。三股清澈的溪流在此汇合，汇合处，流水把花岗岩体切割成一条深沟，沟内夹有大小卵石，流水穿行其间，依次跌落，形成三道小瀑，泻入潭中，潭中一孤石半露水面，形似乌龟，因此得名"金龟潭"。妻子和我来到潭边，我站在湿漉漉的鹅卵石上，不慎脚下一滑，跌入潭中，妻子戏谑道："犀牛入潭！"我则自嘲道："刚出门就湿身了！"

漫步林间栈道，阳光从茂密的水青冈树叶缝隙间投身下来，留下稀疏斑驳的日影，不远处就是第二潭——神童潭。三道瀑水从金龟潭顺流而下，汇合一处宽约 3 米的石槽。槽中一浑圆悬空斜出的石柱，如中流砥柱，碧水从石柱后喷射而出，进入一小小水潭，潭形似撮箕，尾部深不可测。奔腾的溪水在坚硬的花岗岩河床上开凿出一条石渠，水流撞击石壁，雪浪翻滚，势不可挡。儿子伫立潭边栈道，我用手机给他随拍一张，并寄语道：此乃一神童也！儿子自信满满地说：

"我非神童，但勤能补拙，我一定加倍努力，不辜负你们的期望。"

沿栈道继续前行，过孔雀潭、犀牛望月潭，便来到第五潭——吉运潭。潭呈长方形，潭水较浅，水面平静，河床皆为花岗岩，碧水如铺于河床之上，幽静自然。吉运潭下方，大小卵石堆积，溪水在卵石间流淌，两岸水青冈、巴山松、杜鹃长势茂盛，倒影沉潭，山水交融，云天相映，浑然一体。妻子诧异道："为什么九寨沟的水是蓝色的，光雾山的水是清澈透明的，而河床又是褐色的呢?"儿子答道："九寨沟的水，钙镁离子含量高，光雾山的水，铜铁离子含量高，所以它们呈现出不同的颜色。"不管他的回答正确与否，能给出自己的答案都至少能说明他在思考问题。

从吉运潭前行 200 米就到了云梯潭。溪流绕过一个山嘴急流下泻，形成一道高约 10 米、宽 8 米的瀑布。瀑布在形如石梯的河床上跳跃倾泻，落入潭中，涛声震耳，碧波荡漾，人临潭边，清爽惬意。瀑布对面高大巨石重叠，巴山松虬曲盘扎于石盘之上，古老苍劲。巴山水青冈掩映碧潭，遮出了夏季的一片阴凉，好一幅青山绿水画卷。目睹此情此景，我瞬间想到了郑板桥《竹石》中的句子："咬定青山不放松，立根原在破岩中。千磨万击还坚劲，任尔东西南北风。"

穿过珍珠潭，来到情侣潭。潭呈扁圆形，潭水由发源于光雾山的山溪和发源于石人山的山溪交汇而成，好似一对情侣亲吻相拥。两股山溪一大一小的水量把潭口切割成一条狭窄的石渠，石渠边缘光洁如玉，碧水在石渠中急湍奔流下泻，形成瀑布，正所谓物化天成，以物寓人。我惊叹大自然的鬼斧神工，更佩服人们丰富的想象力，赋予山水以灵气、以人性、以真情，讲述了一个亘古不变的爱情故事，真可谓：天工人可代，人工天不如！

行程还不到一半，儿子已经把一瓶矿泉水喝干。母亲问他："你怎么不把手中的矿泉水瓶扔了呢？"儿子说："这么好的环境，我不忍心污染它。"原来他是在寻找垃圾池。

过情侣潭，宝石潭、五彩池、五彩潭、赵公潭、回龙潭、玉叶潭、雄鹰潭，潭潭相连，从雄鹰潭沿百米高的栈道垂直而下，便可见婚纱瀑布。婚纱瀑布是十八月潭最壮观的瀑布。海拔1400米，瀑高70多米，瀑宽40多米，下宽近100米。瀑分两级，第一级约30米，瀑经一小潭缓冲后，沿凹凸不平的花岗岩壁飞泻约40米撒落潭中。丰水期，百米宽的水帘顺岩面倾下，在岩石错落有致的结构网络上形成半透明的朵朵瀑花，酷似从天飘下的婚纱。每当雨后晴明之时，数道彩虹由潭面生成并缓缓上升，给婚纱瀑染上七彩斑斓的颜色，美妙无穷。常水期，瀑分三绺从小潭抛下，由小潭分出三股瀑流似三根银色帛带，构成婚纱的二片沙料连成一体，在小潭处打了一个漂亮的蝴蝶结，恰似现代服饰大师为新娘量身制作的摩登浪漫的婚纱礼服。婚纱瀑旁边三块高大岩壁矗立，轮廓分明，其形如一"川"字，最上面岩石上黑白相间的图案，似一"山"字，连起来便是"山川"二字，韵味无穷。婚纱瀑潭边，有的游客正在戏水，有的游客正在拍照留念……看着别人戏水，妻子兴致大发，儿子提醒道：你看，那牌子上写的什么——"禁止戏水"，妻子只好作罢。

我们在婚纱瀑对面的栈道回廊亭小憩，正好碰上从下入口上来的几位外地游客，其中一位八十多岁的老者问道："到上入口还有多远？"父亲说："你们从下入口上来，才走到第四潭，上面还有十四潭。"老者抬头向高高的山峰望去，摇头叹息道："下山容易上山难，我们走错了入口，还是原路返回为好。"或许是同龄人之间的交流更可信，老者毫不犹豫，转身就往回走。

休息片刻，我们顺道而下，过绿岛潭、玉兔潭，最后来到仙女潭。潭面约100平方米，潭如锅底，深不可测，潭水清冽甘甜，恍如天然浴池。近10米高的瀑布倾泻而下，坠入潭中，溅起雪白的水花。据说20世纪70年代建设新民至沙河坝公路时，南江民兵团女子连就驻扎在潭边，夏天女民兵们常常偷偷去潭中洗浴，故名"仙女潭"。多么诱人的名字，多么令人神往的潭瀑！怪不得有那么多人跟你不离不弃，怪不得有那么多人与你生死相依!

　　光雾看山，九寨看水。山有多高，水有多长；山高水清，绿水长流。光雾的山很美，美在它的巍峨雄壮；光雾的水更美，美在它的清澈纯净，一点也不比九寨沟逊色。来光雾山，既可看山，又可看水，是难得的一举两得。

　　智者乐水，仁者乐山。我是山里长大的孩子，对大山有着万千情愫和百般依赖。我乐山，有大山一样的坚韧，但不是仁者；我乐水，有流水一般的柔情，但不是智者。

　　四十岁以后，最高级的活法，就一个字：静。静能养身，静以修心，静而不语，静而不争。一切为了静，来到十八月潭，就是为了寻找这片心灵栖息地。

　　我只想说，十八月潭，我想把你爱个够!

第四辑

饮水思源

搭便车

　　生在大山，长在大山，走出大山，历经半个世纪的风雨历程，搭便车那段经历至今仍历历在目，在我的脑海里挥之不去。它既是我成长进步的一段缩影，又是时代发展变化的历史见证；既有许许多多的苦涩回忆，又有无穷无尽的美好向往。

一

　　还是在我不知事的年龄，母亲带我去县城，让我第一次有了搭便车的机会。那是 20 世纪 70 年代，国民经济相当落后，农村根本没有公路。"双脚踏遍河流山川，双肩挑起生活重担"，是那个时候农村生活的真实写照，真可谓："蜀道难，难于上青天！"从我们老家到县城，要走十多里山路才能抵达国道，到了国道也不是随随便便就能搭上车的，那时车辆极少，而且大多是货车，乘坐客车必须到车站去买票。如果要想搭乘熟人的货车，就得凭运气或者提前预约了。那时候我们邻近的生产大队正好有一个熟人在汽车47队开货车，每天要定时去附近的旺苍县运煤，返程路过时，可以顺便搭他的车去县城。

记得那是一个月明星稀的夜晚，半夜母亲就把我从睡梦中叫醒，说是要带我去县城。第一次出远门，我心里高兴极了，翻身下床穿好衣服，随后与同院子居住的四婆婆一道，借着朦胧的月光，打着麦秸火把，沿着弯弯的小路到山下的小寺坝（地名）与幺舅婆汇合，然后一起顺着蜿蜒曲折的清溪河沟朝国道方向前行。我们抵达波涛滚滚的巴河岸边，再乘坐渡船过河，就来到了国道边。由于那时没有任何通信工具，我们只好在那里"守株待兔"。

时间一分一秒地过去，很快就到了正午时分。炎炎夏日，烈日当空，我又饥又渴，眼冒金光，忽然一辆解放牌货车向我们驶来，并停了下来。上车后，狭窄的副驾驶室本来只能容纳两个人，此时三个大人外搭一个小孩就显得更加拥挤了，为了躲避超载检查，我只好蜷缩在副驾驶室前面踏脚板上那狭小的空间内，连头也不敢探出来。汽车在坑坑洼洼的泥结石路面上颠簸行驶，我的头不时碰在汽车的内壁上，如同箩筐里撞红薯,发出"嘣咚嘣咚"的响声;汽车前面的高速运转的发动机,如同放在身旁的烤火炉,烤得我大汗淋漓;再加上大热天那股浓烈的脚汗味,如同吃多了打出的"臭饱嗝",很快就把我迷睡着了……后来是什么时候回去的、怎么回去的,我一点都记不得了。第一次搭便车的经历,便在我幼小的心灵中留下了"走出大山十分艰难"的阴影,那副狼狈不堪的样子如今想起来都觉得可笑。

二

时光流逝,转眼间我就从童年时期步入了少年时代。十二岁那年,我得了一场重病,只要一感冒就气喘吁吁,甚至咳嗽不止。父母担心我得了肺结核,本想带我去医院检查治疗,可家里三个年迈的老人和三个幼小的弟弟又需要他们照顾,只好联系便车把我带进城,然后再托亲戚陪我去医院检查。

父母托的是住在601微波站附近的大姑,帮我联系的便车是601微波站的生活用车。这辆车每隔两三天就要进一趟城去买菜。601微波站位于凤头山顶,从我们老家到凤头山,相当于从半山腰爬到山顶,然后再走几公里公路。为了能搭上车,我只好提前住在大姑家等候,可等了两天都没有音讯。

直到第三天才终于有消息了。当我匆匆爬上后车厢时，汽车的马达突然"突突突"的像放屁一样，响了几声就哑了，后来就再也发动不起了。驾驶员也找不出是什么原因。搭便车的希望就这样破灭了，无奈之下，我只好失望地回到家里。

在那个交通闭塞、吃不饱穿不暖的年代，闭塞和贫穷就像两座难以逾越的大山，阻挡着人们前行的脚步，遇到生疮害病就只能听天由命了，甚至生活的亮光瞬间熄灭。我们邻近有一位高龄产妇因为难产，加之交通不便送医院不及时，母子双双均未幸免于难。幸好我得的不是什么急病，否则也早就夭折了！好在天无绝人之路，上天为我关上了一扇门，同时又为我打开了一扇窗。后来到大队合作医疗站找赤脚医生开了一些鱼肝油之类的药物，服用一段时间后，我的病居然奇迹般好了起来。这是我平生第一次感受到了生命的脆弱、交通的重要和贫病交加的可怕。

三

小学毕业后，我考入了本乡初级中学，于是每个周末都要在学校和老家之间步行往返几十公里。如果遇到下雨天，湿滑的泥泞路面就更加难走，稍不注意就会摔跤，常常把衣服裤子摔得脏兮兮、湿漉漉的。由于没有换洗的衣服，我只好把湿衣服穿在身上一直熬到周末回家。这样一来，为了保持一个整洁干净的"形象"，盼望搭车的心情就更加迫切了。

当时正值 20 世纪 80 年代初期，农村通过实施联产承包责任制，人们刚刚越过温饱线，公路基础设施建设尚未起步，乘车出行对于贫困山区的人们而言仍是一件梦寐以求的事。

一天，我和同伴在返校途中，路过一个叫漩滩子的地方。那是一个陡上坡，一辆满载货物的卡车像蜗牛一样艰难地向上爬行着，我和同伴一合计，双双偷偷扒上了货车的尾厢。待它快行驶到学校所在的场镇时，恰好又是一个陡上坡，同伴巧妙地下了车，我双脚触地后却没有注意到汽车行驶中的惯性而被摔倒在地，手和腿被摔破了皮，鲜血直流。后来在同伴的搀扶下，我才从地上缓慢地爬起来，好在没有伤筋动骨，擦了一些红药水，涂上一些消炎药，就慢慢好了起来。

那次扒车的经历不仅给我留下了刻骨铭心的记忆，而且使我有了"好了伤疤莫忘痛"的警醒，更让我明白了一个道理：人生没有便车可搭，更没有捷径可走，只有脚踏实地，一步一个脚印，才会走得更稳更踏实，才不会摔跟头。

四

在本乡初级中学刚刚读了一年，望子成龙的父亲为了让我受到更好的教育，将来能够出人头地，走出大山，到外面更加广阔的天地去，将我转到了县城的城关中学就读。

在那个千军万马过独木桥的时代，来自农村、出身贫寒的我，天生就有一种孤独和自卑，读书成了我唯一的出路和选择。我加倍珍惜这个机会，夜以继日，废寝忘食，发愤苦读，成绩直线上升，很快就成了班上的佼佼者，同时也自然受到了班上同学的欢迎。当时班上有一位平时和我十分要好的同学，他的父亲在汽车47队开客车，母亲在客运站行李寄存处上班，亲密的同学关系再次让我有了搭便车的机会。周末回家如遇他父亲开车跑我老家方向的线路，他都会亲自送我到车站，把我送上车，直至我搭乘的便车消失在他朦胧的视线里……那样的周末，我就不会有"看见屋，走得哭"的恐惧，也用不着翻山越岭地奔波。那样的便利一直持续到我初中毕业。后来我顺利考上了本校的重点高中班，他却不知去向了。

美好的时光总是那么短暂，留下的回味却是那么悠长。虽然我们失去了联系，但同学的帮助给了我前行的力量，对于他，我始终铭刻在心、感激万分，并常常告诫自己：读书要靠勤奋，做人要懂感恩！

五

思则变，变则通。到 20 世纪 90 年代，勤劳智慧的大巴山人民出山门，开心门。"要想富，先修路"，他们大力发扬红军精神和"愚公移山"精神，掀起了交通大会战热潮。县乡道路不仅得到了拓宽改造，而且进行了硬化、黑化，村社道路建设也在如火如荼地展开，不仅实现了公路"村村通""社社通"，个别地方还实现了"户户通"。回家的路越来越近，农村公交随处可见，招手即停，乘车越来越方便，千百年来山里人肩挑背磨的历史从此宣告结束。

岁月带走了光阴，时光惊艳了流年。路通财来，一通百通。山里连山外，产品连市场，资源变资产，资产变资本。全民决战脱贫攻坚，农村实现全面小康。家家户户不仅建起了新房，而且还购买了摩托车、小汽车。我也同样分享到了改革开放的红利，有了自己的私家车，从此搭便车的日子一去不复返了！

搭乘时代列车，开启新的征程。中华民族已经从站起来、富起来到强起来，正在朝着建设有中国特色的社会主义现代化强国迈进。如今国家实施乡村振兴的大幕已经开启，作为农商银行的一员，肩负着金融助力乡村振兴的重大历史使命，我一定会像对待亲人一样对待我们的客户和老百姓，像蜜蜂寻找蜜源一样采集客户信息，像绣花一样绘就美丽乡村新画卷！

我对军装的情谊

军装是国威和军威的象征，那一抹军绿永远是最神圣、最靓丽的底色。我对军装的情谊不亚于曾经那些少男少女对兵哥哥的情谊，用与生俱来和情有独钟来形容一点也不为过。

穿军装的人最可爱。记得小时候，无论在哪里，只要遇见穿军装的人，我们都会立正献上一个队礼，老师对我们的教导同我们对军人的崇敬和爱戴，已经远远超出了当时我们幼小的年龄和尚且浅薄的认知。后来在中学语文课本上，我又读到了作家魏巍的《谁是最可爱的人》，人民子弟兵在抗美援朝战争中舍生忘死、保家卫国的情怀，使我对军人的崇敬又增加了一分，对军装的情谊又递进了一层。彼时我朝思暮想将来能够去当兵，成为一名军人，即使不能当上兵，能够穿上一身军装也是一种荣耀。当时学校有一个同学不知从哪里弄来了一条警裤（草绿色、裤缝镶着红布条），为了心中那一抹军绿，我咬了咬牙，忍痛花了 15 元钱把它买了下来，穿在身上自觉威风凛凛，神圣无比。

曾经我也有一个当兵梦。对于 20 世纪六七十年代出生的人来说，出路只有两条，一条是考学，另一条就是参军报考军校。我高中毕业后，考学因成绩欠佳而名落孙山，参军因视力受限而被拒之门外，我的大学梦和当兵梦就这样都破灭了！

虽然我参军的梦破灭了，但我希望家里能有一名军人戍边卫国、报效祖国的痴心未改。因此，我对弟弟从军的愿望就更加强烈，盼望有朝一日能够分享到他的荣光。

弟弟高中毕业后毅然选择了当兵，还顺利通过了体检和政审，也圆了我的参军梦。一人参军，全家光荣，我们一家人欣喜若狂。当他换上军装以后，我们兄弟俩到县城的照相馆拍了一张合影照。第一次与穿上军装的弟弟合影，我心里有说不出的高兴，如今快满 30 年了，那张照片我仍珍贵地收藏着。

到了部队，弟弟没有给家人丢脸。新兵训练结束后，他被选入了侦察连，穿上迷彩服的他显得更加威武帅气，乡亲的眼中更是充满羡慕。然而武装 5 公里越野、400 米障碍、野外生存、投弹、武装泅渡、侦察战术等高负荷、超强度的训练科目，使他瘦弱的身体有些吃不消。可是，他弓没有回头箭，他横下一条心：一定要在部队干出个名堂来！在家人的鞭策和鼓励下，他硬是凭着自己顽强的意志和毅力挺了过来。两年的军旅生活很快就过去了，弟弟在军队这个"大熔炉"中得以锤炼，他的出色表现也赢得了部队首长的认可，有幸被推荐去报考军校。机会总是留给那些有准备的人，他一边加强体能训练，一边复习功课，终于以优异的成绩被长沙政治学院录取。从此他的士兵服变成了军校学员服，两个红色的肩章显得更加鲜艳夺目，不懈的奋斗为他赢得了美好的未来。我们家里破天荒地出了一位准军官，全家人都为他而感到骄傲和自豪。

弟弟到了军校后，更加刻苦努力，取得了各科目全优的成绩。借假期回家探亲的机会，他送给我一套曾经穿过的军装，让我过了一把穿军装的瘾。穿上它，我第一次体会到了共和国军人的责任和使命，第一次感受到了共和国军人的崇高和荣耀。弟弟军校毕业后，又重新回到了原部队，学员装变成了干部装，一杠两星的肩章是他的军衔。"三十功名尘与土，八千里路云和月"，正是他作为一名军人的豪迈。后来他先后在军机关、基层连队等多个单位转战，多次立功受奖，添星加杠直至中校军衔。在弟弟20多年军旅生涯中，他随时随地都在忠实地履行着一名共和国军人保卫国家安全、守护人民安宁的职责，用忠诚和奉献书写着自己光荣而精彩的人生，无愧为新时代我们最可爱的人！

　　人们常说，没有当过兵的人会后悔一辈子，此话一点不假。我虽然没有当过兵，托弟弟的福，依旧体会到了穿上军装的神圣，同时也见证了弟弟从穿士兵装到穿学员装、从穿学员装到穿干部装的全过程。军装代表着军人的荣誉和形象，我对军装的浓浓情谊将伴随我的一生。

弟弟家的开锅饭

"大哥，您周末回老家吗？周末我想请一大家人来我们家里聚一聚，吃个开锅饭，我们已经回来一个星期了。"星期二的晚上弟弟打电话给我说。我满口答应了下来，毕竟我们兄弟俩已经两年没见面了，更何况弟弟好歹也在老家安了个家。

接到弟弟的邀请，细心的妻子一直琢磨着送件礼物留作纪念。"既然是吃开锅饭，那就送口锅吧！"妻子思量再三作出了决定。

弟弟高中毕业后就参了军，后来又上了军校，在部队一干就是 20 多年，最后选择了自主择业，至今仍在外漂泊打拼，是绿色的军营改变了他一生的命运，铸就了他坚韧不拔、百折不挠的品格。两年前弟弟回老家买了房，几个月前刚刚装修完毕，算是在老家有了个落脚点。一路走来，他为祖国奉献了青春和热血，尝尽了生活的酸甜苦辣，如今也有了回家的打算。

按照过去老家的习俗，新房落成、乔迁新居一般都要办酒席庆贺，一则图个喜庆吉利，二则礼尚往来，亲朋好友之间还要以礼相贺。弟弟才不搞那一套，毕竟在部队摸爬滚打那么多年，这点觉悟还是有的，他觉得一家人在一起热热闹闹吃个开锅饭就可以了。

星期六早上十点，妻子陪同我开车径直来到了弟弟家里。三室两厅一厨两卫，140 平方米的房子倒挺宽敞，设计布局也很合理，装修格调庄重典雅，既不高档奢华，又不简陋掉价。

母亲是最先到的，我们到的时候，母亲和弟媳已经在厨房里忙碌，妻子也便加入其中。后来二弟和三弟两家人也到了，两个弟媳也到厨房去打帮手。倒是应了那句话：七个厨子八个客。直到中午 12 点，弟媳的姐姐一家人才姗姗来迟。

三位老人先入座，然后再按辈分、年龄大小依次入座。一大家人，四世同堂，满满两桌，亲人团聚，其乐融融，幸福就这样伴随时间流淌。

几娘母忙乎一上午，一道道菜品陆续端上桌来，有凉菜、热菜，有炒菜、炖菜，有荤菜、素菜。弟媳说，她准备了 16 道菜，都是家常菜。我扫了一眼，不仅有茄子皮蛋、凉拌黄瓜之类的配菜，还有刀口丸子、烧白、野菌炖鸡、干豇豆炖猪蹄之类的硬菜，更有鳜鱼和小龙虾之类的新菜，大众口味，老少皆宜，荤素配比，相当合理。弟媳的姐姐说，皮蛋是她家的鸭蛋包的，鸡是她家养的跑山鸡，素菜是她家园子种的……全是绿色生态食品，满桌佳肴，令人垂涎欲滴。

好菜需要配好酒。弟弟拿出了20年陈酿的汾酒，这使我想起了谢觉哉的《访杏花村》中的句子：逢人便说杏花村，汾酒名牌天下闻。弟弟打趣说：汾酒度数低，只有42度，喝了不上头。开席弟弟就要先敬两杯酒，他说，今天是个好日子，一家人能够聚在一起吃一顿开锅饭，是他的荣幸，一杯酒要感谢父母的养育之恩，祝他们身体健康，开心愉快，晚年幸福；一杯酒要感谢兄弟姊妹对他的关心和帮助，能够在老家有一个固定的居所，他也感到心满意足了。一家人在异口同声的祝福中畅快地饮下了他敬的两杯酒。

两杯酒下肚，暖房宴也拉开了序幕。作为大哥，我拿过酒瓶，同样要敬两杯酒，因为在我们老家有个不成文的规矩，叫做好事成双。我说："一方面你在外面保家卫国，风风雨雨几十年，终于在老家有了落脚的地方，是一件喜事，我们都应该祝贺你！另一方面因为你家的开锅饭，让一大家人又聚在一起，是一件幸事，我们都为此而感到高兴，期待你早日荣归故里。"大家二话不说端起酒杯就把酒干了。

接着二弟、三弟，以及弟媳的姐夫均按此标准敬了两杯酒，他们一边道着祝福和心愿，一边抒发着内心的激情，脸上洋溢着满满的幸福感。一家人能喝酒的喝酒，不能喝酒的喝水，谁都不会强求，谁都不会计较，也都不分彼此。

酒逢知己饮。酒过三巡，饮者微醺。大家都道出了肺腑之言：能有今天的幸福生活，我们都应该感谢党！

天下没有不散的筵席。父亲最后端杯做了总结：少小离家进军营，保家卫国担重任；今日煮酒贺新房，举家欢庆谢党恩。

屋檐下的丝瓜

不知何时，一粒丝瓜籽掉进了老屋阶沿上的石缝里。

慢慢地，这粒丝瓜籽伸出两片嫩芽，冲破石板的阻拦，从石缝中冒了出来。能够在夹缝中求生存，我惊叹种子的力量，更赞美生命的顽强。

阶沿上长出丝瓜，古稀之年的父亲还是头一次见到。一株瓜秧，一个希望，父亲满是欣喜。

"一个新的生命萌芽，何不为它的成长助力、精心呵护呢？即使它不开花、不结果，也会给夏季寂寞的老屋带来一丝绿意与清凉。"父亲心里想。

于是，父亲找来一根竹竿，一头靠在丝瓜根上，一头靠在堂屋的柱子上，再在两根柱子之间拉上一根绳子，搭建起一个简易的丝瓜架。

就这样，丝瓜藤顺着竹竿藤牵蔓绕，一天一天地慢慢往上爬，父亲也时不时把丝瓜藤理一理，让它顺势而上，自然生长。炎炎夏日，烈日当空，上蒸下烤，禾木焦渴，我们每次浇花都不会忘记这株柳生（非播种而生）丝瓜秧，都会把它灌个饱。

渐渐地，丝瓜藤爬满了柱子和绳索，形成了一个天然的凉棚。入夜，父母坐在瓜藤之下，遥望天边的星星，与远在他乡的儿孙们视频对话；他们听蛙鼓蝉鸣，感受乡村之夜的静谧；他们在禾下乘凉，找回了返璞归真的感觉。回归田园，他们怡然自得。

有一天，弟弟回了一趟老家，把这株柳生丝瓜的图片发到家群里，说："丝瓜开花了！"

我放大图片一看，绿油油的瓜藤上开出了一串金黄色的花朵，鲜艳夺目，花香四溢，惹得蜂蝶来回翻飞。

有家人在群里急切地问："有没有结果呢？"

憨厚老实的弟弟回答道："还没有。"

春天播种，秋天才会有收获，刚开花自然不会那么快就有结果。我想，任何事物都有其自身的规律性，我们对它的期望值既不能太高，又不能操之过急，一切都应顺其自然，因势利导，不然就会大失所望，甚至适得其反。

没过多久，金黄色的丝瓜花渐渐凋谢，取而代之的是一个个小丝瓜，苍翠欲滴，娇嫩无比。父亲把它们像宝贝一样侍弄着，浇水施肥，盼着它们一天天长大。

　　…… ……

　　终于等到了丝瓜成熟的那一天，母亲把它们摘下来，足足装了半筲箕。一半做成白油丝瓜，鲜嫩爽口，一半做成丝瓜汤，清香润喉，我们全家人聚在一起津津有味地品尝着，赞不绝口——这既是劳动的成果，更是幸福的味道！

订　票

　　"端午节快到了，我们在哪里过节呢?"芒种那天，妻子问我。"要么回老家跟父母一起过，要么把他们请到成都来。"我告诉她。

　　"端午节三天假期，前、后一天儿子都要补课，他马上上初三了，这个时候可千万耽搁不得哟!"妻子继续说:"上星期我回老家，请爸爸妈妈到成都来过端午节，他们还没有答复。"

　　自去年以来，父母就没有出过远门，一直过着"两点一线"的生活，时而到县城住上几天，时而回老家耕种几天菜园……

　　父母都七十多岁了，辛苦操劳了一辈子，除了夫孝妻贤为家里的三个老人端茶递水，把他们养老送终，还含辛茹苦把我们四兄弟拉扯养人，为我们成家立业——勤俭持家、尊老爱幼的家风就这样被他们传承和弘扬着。

古语道：养儿防老。年迈的父母本应是儿孙绕膝、坐享清福的时候，但我们四兄弟却因为工作，天各一方，他们不得不承受晚年的孤独和寂寞。忠孝不能两全，对于我这个长期奔波在外的游子来说，对他们总是心存惦念，也只好每个月挤出一个周末回去陪伴他们，打发他们那无聊的时光。也因此每逢佳节，我们期盼和父母团聚的心情就更加浓烈。

"那你打电话再问问他们吧！"我说。

妻子随即拨通了父亲的电话，征求他们的意见，他们同意到成都来。

"那就赶快订票吧！坐飞机要找人送他们到机场，而且只有晚上的航班，不方便，坐汽车虽然便宜，但又担心母亲晕车。他们已经有很多年没坐过火车了，坐火车还可以欣赏沿途的风景，就订火车票吧。"细心的妻子盘算着。

我打开携程网开始订票，一阵忙活之后，网上回复：抱歉，你的银行卡不支持，请关联他行银行卡。

妻子拿起她的手机开始订票，可支付的订票款也先后两次被退回，她也搞不清楚是什么原因！

然后，我又关联了一张他行的银行卡，发卡银行短信显示：尊敬的×××客户，您的银行卡在 11 时 52 分 39 秒与上海华程西南国际旅行社有限公司完成快捷支付签约交易。原本以为交易完成了，然而却迟迟未收到订票信息。可携程网又提示：预约订票后，必须在 15 分钟内完成支付交易，否则，预订的车票将自动取消。

我有些纳闷，午饭后，我叫女儿看看是怎么回事。她看后直截了当地说："票没有订成功，我给他们订。"随即就在她的手机上拨弄起来，大约过了两分钟，她说，两张火车票已订好，并把"订票详情"发到了"家群"里，以便家人提醒和帮助他们查收。

女儿大学毕业刚融入社会不久，是没有固定收入来源的自由职业人，而且没有什么积蓄。虽然两张火车票只有区区 408 元，但她的慷慨却令我感动！而且这已经不是第一次了，记得今年春节期间，她听爷爷说，电视广告里推销的老年运动鞋很好，她就立马下单为他网购了一双——好家风需要传承，父母是孩子的第一任老师。父母的一言一行对孩子的成长有着潜移默化的影响，她正是受到长辈们敬老爱老传统的耳濡目染和熏陶，才会有这样的举动。

如今的"90 后"真是不可小觑，生产的第一线、科研的最基层，到处都有她们敢于担当的身影，她们就是祖国的未来、民族的希望，中华民族伟大复兴的中国梦一定能在她们这一代实现！

中秋记忆

中秋，既是团圆和思念的日子，又是丰收和奉献的日子。

小时候，每逢中秋佳节，母亲会用从生产队分得的菲薄酒谷（方言，即糯谷）磨成酒米（方言，即糯米），晚上为我们做一锅酒米干饭。说是一锅，实际只有上面一层是酒米，下面全是红薯或土豆，在那个吃不饱的年代，家里人口多，如果不匀着吃，准会吃了上顿没下顿，会盘算的母亲经常教导我们，要牢记"谁知盘中餐，粒粒皆辛苦"，莫要"有了一顿餸，莫得了敲扁桶"。母亲把腊肉切成肉丝煎干，连同油和油渣一起浇在蒸熟的酒米饭上，再撒上一些葱花拌匀，那样的美食至今仍令我垂涎欲滴——那时中秋节能吃上一顿酒米干饭也是一种奢望。

吃罢晚饭，我们一家人会在院坝里乘凉，皎洁的月光下，幼小的我躺在曾祖母的怀抱里，她指着天上那轮圆月，给我们讲《嫦娥奔月》的故事。相传在远古的时候，天上突然出现了十个太阳，晒得大地直冒烟，老百姓实在无法生活下去了。有一个力大无比的英雄名叫后羿，他登上昆仑山顶，运足气力，拉满神弓，一口气射下九个太阳。后羿为老百姓除了害，很多人拜他为师。有个叫逢蒙的人，为人奸诈贪婪，也随着众人拜在后羿的门下。后羿的妻子嫦娥，是个美丽善良的女子，她经常接济生活贫苦的乡亲。一天，昆仑山上的西王母送给后羿一丸仙药。据说，人吃了这种药，不但能长生不老，还可以升天成仙。可是，后羿不愿意离开嫦娥，就让她将仙药藏在百宝匣里。这件事不知怎么被逢蒙知道了。八月十五这天清晨，后羿要带弟子出门去，逢蒙假装生病，留了下来。到了晚上，逢蒙闯进后羿家里，威逼嫦娥把仙药交出来。嫦娥心里想，让这样的人吃了长生不老药，不是要害更多的人吗？于是，她便机智地与逢蒙周旋，眼看就要搜到百宝匣了，嫦娥疾步向前，取出仙药，一口吞了下去。嫦娥吃了仙药，突然飘飘悠悠地飞了起来。她飞出了窗子，飞过了洒满银辉的郊野，一直朝着月亮飞去。后羿外出回来，不见了妻子嫦娥。他焦急地冲出门外，只见皓月当空，圆圆的月亮上树影婆娑，一只玉兔在树下跳来跳去，妻子正站在一棵桂树旁深情地凝望着自己。后羿不顾一切地朝着月亮追去，可是他向前追三步，月亮就向后退三步，怎么也追不上。

乡亲们很想念好心的嫦娥，在院子里摆上嫦娥平日爱吃的食品，遥遥地为她祝福。从那以后，每年八月十五，就成了人们企盼团圆的中秋佳节。

我们听得如痴如醉，无不为后羿的勇敢和嫦娥的善良所感动，带着甜蜜很快就进入了梦乡。

农村实行联产承包责任制后，我家也承包了几亩田地，母亲每年总会留足半亩田来种糯稻。她起早贪黑，披星戴月，除草施肥，辛勤劳作，产量高出了原集体生产时近一倍，我们不再为吃不饱而犯愁。每逢中秋佳节，母亲会用收获的糯米打成糍粑，在月明星稀的中秋之夜，我们一边有滋有味地吃着糍粑，一边听大人们有说有笑地畅谈改革开放好政策，分享丰收带来的喜悦。虽然再也不能听到曾祖母给我们讲《嫦娥奔月》的故事，但却有了一份"中秋夜里说丰年，听取欢声一片"的幸福感。

到了 20 世纪 90 年代，随着经济的迅猛发展，市场上的食品越来越丰富，各式各样的中秋月饼应有尽有，月饼取代了我们曾经的酒米干饭和糍粑，人们也有了吃月饼的习惯。中秋夜，吃月饼，赏圆月，"每逢佳节倍思亲"，此时全家人最牵挂的还是在外保家卫国的弟弟。接通电话，当教师的父亲更多的是对他安慰和鼓励：人有悲欢离合，月有阴晴圆缺，此事古难全。家中一切都好，你就安心当兵吧！没有你们的奉献，哪来的万家团圆？我们为你感到骄傲和自豪！电话那头的他不禁哽咽道："今夜月明人尽望，不知秋思落谁家……祝你们中秋快乐，身体健康！"

中秋节快到了，朦胧的中秋记忆又一次萦绕在我的心头。

儿子和我争"地盘"

儿子出生那年，我买了新房。在狭窄的蜗居内，我打造了一个仅有几平方米、供自己使用的专属"地盘"——书房。

书房，既是我闲暇的栖息地，又是我心灵的归宿地。在这个小小的空间内，我不仅置办了书桌、书柜，还置办了电脑、打印机。小小陋室，小得再多一个人就无法打转，毕竟它只是我自己的天地，并非是刘禹锡的陋室那样"谈笑有鸿儒，往来无白丁"的会客之地。但另一方面我也与他有着同样的感受："无丝竹之乱耳，无案牍之劳形"，书房为我自己的心灵提供了一方休栖之地。书架上，琳琅满目的书籍，令人目不暇接。有哲学的，也有文学的；有政治的，也有经济的；有古典的，也有现代的；有国内的，也有国外的；有名家的，也有自己的……它既为我装点着"门面"，填补着我内心的空虚，又激励着我拼搏的斗志，供给我精神上的食粮。每当茶余饭后来到这里，我那颗疲惫和烦躁的心便重归于轻松和平静。

儿子十岁前，我几乎独占了书房的整块"地盘"。在这里，我或读书，或思考，或写作。十年间，我在这里认真阅读了《论语》《唐诗三百首》《资本论》《政治经济学》《红楼梦》《呐喊》《秦腔》《钢铁是怎样炼成的》《货币战争》等几十部经典名著；我在这里冷静思考着不同时期经济运行规律，努力寻找着经济与金融的最佳结合点，积极谋划着农信社服务地方经济的策略；我在这里用心用情笔耕不辍，结集出版了凝聚着我心血的工作集《山路十八弯》、散文集《岁月留痕》。儿子则在一旁为我端茶递水，偶尔还会问上一两句："爸爸，你在看书啊！爸爸，你在写文章吗?"小空间，大世界，畅游文山书海，我触摸到了时代跳动的脉搏，看到了一片更大的碧海蓝天，也练就了一个更加广阔的胸怀。

随着儿子的长大，我的"地盘"渐渐被他"掠夺"了。也许是受到我的影响，自从他读小学四年级起，每天下午放学回家，便径直走进书房，放下沉重的书包，摊开课本和作业本，开始了他一天中最后的冲刺和忙碌，时而朗读背诵课文，时而伏案奋笔疾书，有时直至深夜十一二点，其勤奋刻苦状，乃吾辈所不能及也！春夏秋冬，青灯孤影，仿佛一个翩翩少年驾着一艘小船在浩瀚的海洋中徜徉，尽管前进途中有风浪，但只要他把握好自己的航向，一如既往、心无旁骛地坚持下去，就一定能够达到光辉的彼岸。仿佛他一来到世间，就知道这个世界充满竞争和挑战，小小年纪就懂得"梅花香自苦寒来"的道理，早早地把"书中自有黄金屋"种进了心田，惜时如金，挑灯夜战，当父母的看在眼里，既高兴又心疼，不时送上一些水果犒劳他。令人欣慰的是，他正是在这种自加压力的过程中一天一天地慢慢长大，学习成绩也在一天一天地逐步提升。书房成了他人生的伊甸园。

"地盘"被儿子"霸占"后，我就将读书的阵地转移到客厅的沙发上，弥漫的书香也就从书房溢满整个客厅。我要么看书，要么改稿，要么打开手机的备忘录码字，一字一句，字斟句酌，一篇又一篇激扬文字就这样慢慢地向外流淌，有的登上了国家、省、市、县（区）的大刊小报，有的出现在各种网络媒体，同时还多次获得了全国金融系统征文比赛大奖。时间就这样稍不留意地从指缝间溜走，一晃三年过去了，我的又一部散文集《流淌的心曲》也横空出世了。我们父子俩就这样竞相奋发，相伴前行。

如今，儿子马上就要中考了，书桌上，各科的测试题堆成了一座小山，每当夜深人静时，一个瘦小的身影还在灯下埋头苦读，小小的蜗居内，弥漫的书香味更浓，我会一直陪伴着他走下去。

重回少年

"星期五晚上，儿子班上要举办毕业晚会，你早点回来，我们一起去参加。"妻子打来电话说。

儿子一晃都初中毕业了，平时都是妻子在陪伴，我这个不称职的父亲"欠账"太多了，更何况初中毕业晚会对一个人的一生来说，就那么一次，缺席了是一种永远无法弥补的遗憾。对我来说，初中毕业快四十年了，当时班上有没有举办毕业晚会，脑海里一片空白，丁点儿印象都没有，何不借此机会去感受一下毕业晚会的氛围，重新回到少年时代那个青葱岁月，过一把参加毕业晚会的瘾呢？因此我便满口答应了下来。

星期五下午，我请假提前两个小时离开单位，3点半准时从单位出发，阴沉的天空不时飘着小雨，降低了仲夏时节的热度，路上车辆川流不息，但还比较顺畅，6点钟就到达了实验外国语学校。

根据班上家委会安排，从下午 2 点开始，孩子们就一直在学校拍照和拍摄短视频，他们仿佛要将学校的一砖一瓦、一物一饰、一草一木都留在青葱的岁月里，直到晚上 7 点才结束。

他们的毕业晚会安排在学校附近的皇冠假日酒店。晚上7 点过，报名参加毕业晚会的孩子和家长们陆陆续续抵达酒店。经过一系列签到程序之后，我们进入了设在一楼的毕业晚会现场。场地由两个大约七八十平方米的房间组成，外间摆放的是自助食品，里间是一个有 7 张餐桌的宴会厅，正面的墙壁上是一张写着"不负韶华　以梦为马　×××实验外国语学校初三（18）班　我们毕业啦"字样的幕布，两边的墙壁上飘飞着彩球。满满的仪式感扑面而来！

我和儿子进入现场后，本想和他坐一张餐桌，他却提示我："你去跟其他家长坐，这张桌子还有耍得好的其他同学要坐。"一群稚气未脱的孩子难掩内心的羞涩，他（她）们按性别围桌而坐、有说有笑，男女同学之间却隔着一条"三八"线，宛如当年的我。

我知趣地走开，儿子则自顾自地挑选食品去了。我心里想，跟谁坐在一起呢，这些人都不认识！

我举目一望，门口的右边角落那张桌子只坐了两个大人一个小孩，我便凑了过去，那位先生礼貌地跟我打招呼：
"请坐！"

"您贵姓？"我问。

"我姓徐，徐××同学的父亲，您是？"

"我是周××同学的父亲。"

"哦！周爸。"

我在他旁边坐了下来，通过交流才知道他们是相亲相爱一家人，小女孩是来给哥哥助阵的。

"我们也去拿点东西吃。"过了一会儿，徐爸提议。

取回东西，我们边吃边聊，妻子姗姗来迟。后来，邓××同学的父母也加入其中。从邓爸口中得知，邓××同学初三下半学期就提前进入高中阶段的学习。邓爸的脸上洋溢着自豪的微笑，那是一般人难以觉察到的、发自内心的微笑，像一束光那样一闪而过。

晚上八点，毕业晚会正式开始。主持人是两个青涩少年，其中一个就是邓××同学。

晚会的第一个节目是老师们致辞和孩子们献花。首先登台的是语文老师董老师。他说，作为一个科任教师第一个登场，他还是第一次，他感到惊讶！他祝贺同学们初中三年所取得的优异成绩，同时也期望高中三年大家继续努力，考入理想的大学，将来成为祖国的栋梁。董老师刚刚致辞结束，同学们就献上了鲜花。随后英语老师、物理老师、化学老师纷纷登场。教化学的吴老师说："我们相处的时间虽然短暂，但收获不小，你们从我这里学到了知识，我也从你们那里学到了很多东西，收获了太多太多的感动和快乐，祝愿你们放飞梦想，迎接希望。"最后他们的班主任杨老师发表了热情洋溢的讲话：

亲爱的各位家长、老师，亲爱的同学们：

大家晚上好！

又是一年毕业季，又是一年凯旋时，又是一年好景光。今天我们畅谈未来，回忆过往；今天没有批评，只有表扬。今天属于初 2019 级 18 班全体同学的专场，亲爱的孩子们，请把你们年轻的天性尽情地张扬。日月如流。三年前，你们带着对知识的渴望来到实外，一张张青涩的面孔，一汪汪清澈的眼神，你们的到来给实外带来了全新的希望。三年来，一千多个日日夜夜，你们挥洒汗水，奋力拼搏，铸就了一个又一个辉煌。光荣属于你们，胜利属于你们，请为自己热情地鼓掌！

今天，请再看一眼我们的教室吧！这里有你们的书声琅琅，歌声嘹亮，这里有你们的激情演讲，点点滴滴，情深意长，这里是你们梦想腾飞的地方，寒来暑往，见证着成长与担当，你们将从这里乘风破浪，展翅翱翔！

今天，请再看一眼我的校园吧！国旗下有你们的意志坚强，操场上有你们的步伐雄壮，校园里有你们的幸福时光，为你们遮挡着炙热的夏日炎阳。轻快活泼的课间中，时刻洋溢着你青春的模样，虽然这里的一切看似普通平常，但这里有教师第一，学生至上，这里有真情流淌，大爱无疆！

今天，请再看一眼你们的寝室吧！这里是你们休养生息放纵心灵的地方，你们曾在这里对老师写短论长，你们也曾在这里因为危机而叫了家长，今天你们将在这里背上行囊，走向远方，请带走垃圾，留下你们的高尚，让学弟学妹们去感受你们品格的光芒万丈！

今天，请再看一看你们的亲爱的同学吧！三年来，他陪你踏平过书山坎坷，他陪你度过学海迷茫，他快乐着你的快乐，忧伤着你的忧伤，当你迷失自己时，他为你指引方向，当你获得进步时，他为你送来赞赏，请再一次握紧他的手，记住这一张张可爱的脸庞！

今天，请再看一看你的老师吧！三年来，他陪你晚睡早起，用实际行动诠释着纸短情长，三年来，他丰满的你的羽翼，却渐渐雕刻了自己的鬓角，今天你将奔赴自己的理想，他却要原路返航，使命在肩，初心不改，这就是我们的老师，请给他们一个热情的拥抱，请把你们的成功再一次送上！

一江春水

亲爱的孩子们，中考只是一个点，未来才是一幅画，初中毕业只是你们万里长征的第一步，面对纷繁复杂的大千世界，请时刻牢记：理想很丰满，现实很骨感，且歌且行且珍惜，唯愿征途坦荡，唯愿和顺吉祥，唯愿岁月书香！

亲爱的初 2019 级 18 班的同学们，今天我以一个朋友的身份跟大家分享三句话：

第一，比梦想更重要的是奋斗。实外人是梦想家，更是事业家，不啻梦想，不啻嘘声，只有努力奋斗，才能梦想成真。

第二，比外在更重要的是本领。最是书香能致远，我希望你们在高中、大学阶段，珍惜青春，不负韶华，在学习中获取知识，增加才干，为将来的事业发展蓄满知识的能量。

第三，比才华更重要的是情怀。情怀会决定我们关注什么。我们关注什么了，我们的情怀就是什么。我们的目光不能仅仅停留在个人的利益上，而应聚焦于国家与人民的福祉和民族的未来。

亲爱的孩子们，希望你们立大志、明大德、成大才、担大任，为实现中华民族的伟大复兴贡献你们的全部力量，期待大家早日成为共和国的栋梁！

最后，我祝愿大家在今后的人生道路上披荆斩浪，奋力拼搏，创造永恒的无悔的青春，谱写人生最华美的篇章！

孩子们再见，同学们珍重，朋友们一路顺风！

　　杨老师以诗一般的语言表达了与同学们结下的深情厚谊、谆谆教诲和殷切期望，打动了在场所有人的心，真不愧为"人类灵魂的工程师"，现场掌声和喝彩声经久不息。

　　接下来，就是实外初 2019 级 18 班的学生代表致谢老师、家委会代表发言，以及同学们身着博士服合影留念等，一项项议程有条不紊地进行。夏夜的美好时光渐渐流淌，直至孩子们把博士帽抛向空中的那一瞬，我发觉，他们已经懂得了人生的意义和价值，开启了"不负韶华，以梦为马"的人生新征程。

　　参加完孩子的毕业晚会，我仿佛又重回了少年，晚会的场景在我的脑海里久久浮现，令人意犹未尽，思绪万千，浮想联翩……

大巴山的说春人

——探访非遗传承人

春天来了，万物复苏，人们开始走出家门，到大自然中去寻找踏青赏花的好去处，而我则借着大好春光去寻找曾经的说春人。

小时候，在农村老家过年，有一件事让我记忆深刻。有一年大年初一一大早，家里来了一位不速之客。他头扎头巾，脚穿布鞋，手握一根长长的棍子，肩挎褡裢，站在堂屋门口，嘴里噼噼啪啪、口中念念有词说个不停，随后留下一张春帖。在当时，幼小年纪的我们不知道他是干啥的，只是心里觉得怪怪的。待那人走了之后，长辈们才说，那人是说春的。

借着周末回家探望父母，我决定抽时间去拜访现已被列入非物质文化遗产传承人的说春人。那些说春人主要聚居在大巴山南麓阴灵山半山腰的枣林镇牌坊村。

星期六上午，我与曾经一起共事的一位朋友相约前往，在他的盛情邀请下，决定在枣林场镇吃罢午饭，然后再一同前去拜访。

枣林镇距巴州城区15公里，我们驱车沿巴河岸边逆流而上，清澈的巴河水缓缓地向下流淌，河边不时有一群小鸭在觅食，好一幅"春江水暖鸭先知"的秀美画卷。中午12点，我们准时到达位于枣林场镇口的龚小弯鱼庄。故地重游，好友相聚，热情的兄弟们早已等候在那里。"枣林鱼"是枣林乃至整个巴中的名食，早在20世纪80年代，"枣林鱼"的品牌就已经闻名全川，后来其分店逐步遍布了川东北的各个城市，甚至开到了成都市。初到巴中市或枣林镇的人，好客的主人一定会用地地道道的枣林鱼来招待，我这个长期漂泊在外的游子回到家乡，主人的招待也同样周到。

大家入席就座之后，腊肉拼盘、卤鸭子、油炸面鱼、酥肉、花生米、豆瓣等辅菜早已上桌，接着就是两盆热气腾腾的枣林鱼被端了上来。一盆是清汤的，是黄角浪、大葱头加少许干辣椒，用猪油煎炒后熬制而成的；另一盆是红汤的，是鲢鱼、腊肉丝、土豆片和水腌菜加红油豆瓣混煮而成的，又名"船家子鱼"。叫"船家子鱼"，是因为依旧采用原先打鱼为生的人在河中捕到鱼之后，在船舱里最简单原始的煮鱼方法。清汤鱼鲜嫩无比，清香四溢；红汤鱼红而不辣，杏气扑鼻。大家一边吃一边聊，回溯时光，追忆着往事，美味佳肴，撩拨着味蕾，点点滴滴，历历在目。有道是"感情依旧人依旧，餐叙意浓情更浓"。

吃罢午饭，我们开始驱车沿枣灵（枣林至阴灵山）公路盘旋而上。那是一条标美水泥路，被喻为"农村四好公路"，也是巴州区"枣—灵—梓"旅游环线中的一段。过去是泥结石路面，坑坑洼洼，寸步难行，曾有民谣"养女莫嫁阴灵山，天晴下雨路不干"就是对阴灵山山高坡陡、行路难的真实写照。如今，整洁的路面一尘不染，如同水洗过一般，路边的李花开得十分艳丽，在阳光的照射下白得刺眼，过去上山的羊肠小道已经被岁月的潮水所淹没，难见其踪迹。汽车沿着弯弯曲曲的公路穿行在一大片茂密的松林中，摇下车窗，微风拂面，松涛阵阵，一股春天的气息扑面而来，令人神清气爽。来到长梁，顿觉视野开阔，放眼望去，真有一种"会当凌绝顶，一览众山小"的感觉。

继续上行，映入眼帘的是一大片桃花园，朵朵盛开的桃花如同一张张灿烂的笑脸，喜迎着八方来客，旁边的标牌上显示，那是"党员扶贫助农示范基地"，是近年来脱贫攻坚所取得的成果。

再往上走，是一个偌大的葡萄园，占地约50亩，工人们正忙着在园中搭建大棚。乡村要振兴，产业必振兴。葡萄产业落户牌坊村，既为本地富余劳动力找到了出路，又为当地经济发展提供了重要支撑。

穿过葡萄园，来到新农村聚居点。排排新房整齐划一，远近高低错落有致，房前屋后新翻耕的土地正待播种，新植的果树已经开始发芽……新村连产业，宜居又益业。

说春人梁显广的家就紧挨着新农村聚居点，那是一排单家独户的土坯房，房屋前面是一个石院坝，房屋右侧是一个小小的停车坝，左侧则是另外一户人家。主人矮胖的个头，眉宇间透出沧桑，看上去 60 多岁的样子。

朋友介绍道："这就是您要找的说春人梁显广。"

"我原本打算进城去，你们要来，我特意推迟了。"梁显广一边给我们散烟，一边招呼我们在院坝里的塑料凳子上坐下。

邻近的人家见来客人了，也都跑过来凑热闹。从前他们已经接待过前来了解说春情况的人很多次，因而对我们的到来也就见怪不怪了。我就开门见山地跟他们聊了起来："说春是如何起源的？"

"隋朝起，唐朝兴，万古流传到如今。"梁显广随口答道。他接着就向我们介绍说春的由来，相传在隋朝的时候，因为农民不懂四季八节，不知道什么时候播种才有收成，所以朝廷就派了工丞相到民间来给农民送季节。既然是朝廷派下来的丞相，那就要穿官服，因此人们又把说春的人叫作"春官"。

　　春官出门要带上四件物品：第一件物品是春帖，也就是把一年的农事季节刻印在一张紫红色的纸上，发给农民；第二件物品是一个木雕品，上面是一个女人，是杨广之妹的化身，下面是一个春牛，是杨广的化身；第三件物品是一根御棒，据说说春刚开始兴起，很多人不理睬，所以皇上就赐一御棒，古有御棒"上打无道昏君，下打败国馋臣"之说；第四件物品是二九口袋，也就是二尺九寸长的口袋，用作装放打发粮食之用，正好搭在肩上。我国从古代起就非常重视农业，体恤百姓稼穑之苦。后来在民间也就兴起了说春，虽然仍叫春官，但不穿官服，说春也演化为送季节、送吉利、送祝福、宣传政策、教人为善。大巴山一带说春人主要集中在枣林镇的阴灵山，每年的春帖都由他们刻印，然后散发到各地。目前，附近的巴州的渔溪、花丛、南江、仪陇、陕西的汉中等地仍保留有说春的习俗。

　　"说春主要集中在每年的哪几个月呢？"我继续问。

　　"主要集中在当年的十月小阳春到次年的春分这段时间。"他说。

　　"说春主要有哪些程序、说哪些内容呢？"我刨根问底。

　　他说，说春人到了主人家里后，首先来到堂屋门前说交角盘缠。他随即走到堂屋前做示范：

> 远望财门九重开，马前河东状元来。
> 三千举子从头点，书中端点栋梁材。
> 葫芦文章堂前定，富贵荣华喜再来。

接着就是"开财门"。开财门有开四季财门、八大财门、十方财门等。他即兴说唱起来：

> 一开财门财也现，张公老仙坐远端；
> 骑起驴儿骑起板，不喜欢来也喜欢。
> 二开财门进金银，身背宝剑吕洞宾；
> 洞宾才走云端过，财源滚滚进家门。
> 三开财门月正西，钟吕打伞落云梯；
> 神仙都来扶酬你，不稀奇来也稀奇。
> 四开财门春人开，国舅云端闹花开；
> 说过八仙来过海，福禄寿喜转回来。

婉转悠扬的曲调，说唱出了人们对美好生活的向往，情真意浓，动人心扉，赢得了阵阵掌声，梁显广的说春激情完全被调动了起来。此时，土人就会打开堂屋门，说春人就开

一江春水

始"送宝"：

四方财门春人开，今天给你送宝来。

一送老者千百岁，二送先生贵子来，

三送珍珠与玛瑙，四送东南西北财，

五送五子登科早，六送观音坐莲台，

七送天上七姊妹，八送仙女下瑶街，

九送九九多富贵，十送黄旺紫金牌，

十一又送摇钱树，十二又送聚宝盆。

摇钱树来聚宝盆，日落黄金夜落银；

日落黄金有斗大，夜落银子用秤称。

初一早上捡四两，初二早上捡半斤，

初三初四不去捡，银子堆满大门槛，

初五初六不去撮，银子就用骡子驮，

骡驮金来马驮银，骡骡马马驮进门，

自从春人朝过后，一股银水往屋流，

它要流就让它流，金砖银砖支枕头。

最后就是"送春帖"：

大大春帖取一张，贴在你龙凤宝壁墙；

初一十五打一望，看个金玉和满堂；

看甲子看周堂，二十四气在高上；

看月大看月小，端看来年好不好；

月大月小看边边，四季八节看中间；

从左到右顺序看，圆圈圈就是星期天；

甲子星宿全看见，天干地支都齐全；

看个甲子做生意，一本万利是有的；

看个甲子去收账，连本带利都收上；

……

说春的内容非常广泛，有根据房屋的坐落说地盘的，有说男人女人的，有说烟说茶说酒的等等。比如说烟：

这些事主天下少，走拢就把烟来找；

不说烟来非小可，说起烟的更生多；

顺治老王坐北京，那时才把烟来兴；

吴王追赶李瞎子，隔年并下烟秧子；

正二三来雨水晴，拿把犁头拖烟抢；

拖起抢来刨起箱，打发梅香扯烟秧；

张郎扯来李郎栽，勤郎担水灌活来；

烟儿长得一寸三，拿把锄头沾打沾；

烟儿长到一寸五，拿把锄头去松土；

烟儿长到一尺八，先掐尖来后搬芽；

……

说春人见人说人、见物说物、见啥说啥，所以"说春是个一把抓，抓到哪哈说哪哈"。此时，人群中有人冒了一句：他们是信用社的，是我们的"财神爷"。梁显广随口说道：

农信人来农信情，走村串户送金银；

今日来到牌坊村，家家户户都欢迎。

说春有一个人单独说的，也有两个人联合说的，后者又称"说联相"，直至说到主人满意为止。

说完之后，主人会给说春人一定的报酬，或用一两碗米来打发，或用二角、伍角、一元、两元、五元来打发，过去出手大方的富裕人家，有拿十元人民币来打发的。当然随着时代的发展和进步，打发的金额也会随之而增加，现在有打发一两百元的。主人在用拿钱、粮打发说春人时，说春人就会说：

拿得多的发得多，十个儿子九登科……

我们听得如痴如醉，意犹未尽，如同饱尝了一场文化大餐。

突然，梁显广的手机铃声响起，邀约他进城的电话又来了，他抱歉地对我们说，他要走了！

随后，他骑着放在停车坝上的三轮车消失在我们的视线里。

此时，太阳开始落山了，夕阳的余晖把整个牌坊村映衬得更加亮丽。我谢绝了朋友们的再三挽留踏上了归途。返程途中，我陷入了深深的沉思：说春人不仅说出了老百姓的心声和期许，而且唱出了老百姓的幸福和甜蜜。如今我国已全面建成小康社会，说春文化将渐渐离我们远去。我感叹中华民族传统文化的博大精深，更感恩这个幸福、伟大的时代！

春节祭祖

　　春节祭祖是中华民族的传统习俗，也是传承家风家教的最好方式，在川东北一带又称作"上坟"。自从我知事起，每年的春节祭祖就从来没有缺席过。

　　父母进城居住之前，每年春节我们都在老家过，因此祭祖的时间都是安排在大年三十天中午吃团年饭之前。祭品有刀头（将煮熟了的腊肉剐下一小块用来敬祖宗，因为是头一刀，所以称之为"刀头"）、敬酒（大多是散白酒）、香蜡、鞭炮和符纸，符纸意为晚辈烧"寄"给祖先的纸钱，供他们在另一个世界里花销。准备好这些祭品之后，父亲便带着我们去上坟。

　　我家的祖坟就在老屋下面一个名叫"盘龙湾"的地方。之所以叫作"盘龙湾"，是因为在众人的眼中它是龙盘踞的地方，是一块风水宝地。传说曾经盘龙湾的一块墓碑上有一条龙，正好对着河对面二郎庙（地名）的一家堂屋，每当月明星稀的夜晚，月光照在这块墓碑上，河对面二郎庙的堂屋就会出现一道亮光。堂屋的主人发现后便随着光源追踪到了这块墓碑上，然后偷偷地跑过来将墓碑上的龙戳掉，可戳掉后不久，河对面堂屋的亮光又出现了，因而人们认为这里是龙湾福地。有风水学说，福地福人居，福人居福地，因此附近的逝者大多被埋葬在这里，我的曾祖父、曾祖母、祖父、祖母分别逝于 20 世纪中下叶，也无一例外，都被安葬在这里。在这块不到两亩的荒坡地上坐落几十座坟茔，它们层层叠叠、一座紧挨着一座。

到达墓地后，我们按照祖坟埋葬的顺序，首先祭拜的是曾祖父，然后是曾祖母、祖父和祖母。祭拜时，先摆好刀头、敬酒和水果，然后再点燃香蜡和符纸，晚辈们则在坟前整整齐齐站成一排作揖磕头，父亲在一旁给晚辈们讲述祖先的人生经历、艰难苦楚和勤俭持家的故事，并祈求他们保佑晚辈没病没痛、平平安安、健康成长，同时教育大家要知道自己从哪里来、到哪里去，不忘根和本，学会与人为善，懂得感恩奋进，最后在大家前往下一座祖坟祭拜时，才点燃鞭炮……一方水土养一方人，也正是在这个时候，里河二岸（方言，意思是河的两岸）接二连三地响起了噼噼啪啪的鞭炮声，升腾起星星点点的袅袅烟云，乡亲们都在上坟，大家要赶在中午吃团年饭之前完成自己的心愿。

后来，父母随我们进了城，春节祭祖的时间只有调整到春节前的两三天。除了入赘女家的二弟和身处军营的四弟很少参加外，我们都能准时到场。祭拜的流程几乎年年都一样，而且父亲每年都会重复同样的故事，目的就是为了加深我们记忆和传承好家风。几十年来，我们家春节祭祖的习俗就这样在父亲潜移默化的影响下绵绵不断地延续。

今年春节前夕，我携妻子儿女匆匆忙忙地从外地赶回父母所在的小城。腊月二十九这天上午，我们一起去祭祖，令人欣慰的是二弟一家也加入了其中。冬日的乡村，山寒水瘦，草木枯黄，唯有父亲曾经在曾祖母、祖父、祖母坟前种下的三颗杉树郁郁葱葱，苍劲挺拔，直指天空。来到祖先的坟前，父母已提前把祖先们的坟地打扫得干干净净。此时，父亲曾经讲述的那一幕幕又一次浮现在我的眼前：曾祖父那庖丁解牛的技艺和疼爱孙儿的柔情；曾祖母那陪伴四个曾孙长大的温暖怀抱；祖父那挑起家庭重担的羸弱肩膀和无钱住院、活活被病魔折腾而死的惨状；祖母那"巧妇难为无米之炊"的困窘与无奈……父亲给我们讲述的，不仅是我们的家族史，而且是那个时代社会最底层百姓的民族史。

在返城的路上，我终于明白了二弟的良苦用心：虽然时代在变，但中华民族的传统美德不能丢，他们的子女已经长大成人，同样需要上这样一堂家风家教课、忆苦思甜课、成长励志课和感恩教育课。

远去的报刊邮亭

随着网络媒体的骤然兴起，纸质读物日渐衰落，曾经遍布大街小巷的报刊邮亭也渐渐淡出了人们的视野，在日新月异的都市里很难寻觅其踪影。

曾几何时，小小的绿色报刊邮亭，不仅是街头巷尾的一道靓丽风景，还为市民提供着精神食粮，填补着时间的空白和内心的空虚。虽然邮亭不大，占地面积只有四五平方米，里面的内容却丰富而充实，各种报纸杂志琳琅满目。既有党报党刊，又有生活娱乐报纸和武侠、言情刊物，既能让市民随时了解国际国内大事、要事等时政新闻，又能给人们单调枯燥的生活平添一份快活。花上几毛到 1 元钱，买一份《参考消息》就可以居家知天下事；买一份《广播电视报》就可以知晓一个星期的电视节目和精彩的电视剧剧情；买一份《晚报》或《都市生活报》就可以知道身边新近发生的奇闻和趣事，甚至还可以欣赏到一些精美的文学作品，让人心情愉悦，枯燥无味的日子就这样变得快乐有光。

给我印象最深的是张二娃，他因手臂残疾做过截肢。他白天守着自己的报刊邮亭，早晚穿行在大街小巷，身上穿着一件洗得发白的卡基尼中山装，脚上穿着一双军用胶鞋，腋下夹着一大摞报纸，肩上斜挎着一个帆布挎包，挎包上印着"为人民服务"5个红字，口里不停地喊着：卖《广播电视报》、卖《广播电视报》……那尖厉拉长的叫卖声在街巷中久久回荡，早出晚归的人行色匆匆，时不时一个人递过5毛钱，买走一份报纸，张二娃用双肘接过钱便塞进他的帆布挎包里，不到两个小时，一大摞报纸就卖完了。随后他口里哼着小曲，优哉游哉地打道回他的报刊邮亭去。

在那个经济极度落后的年代，别小看那小小的报刊邮亭，一个小小的邮亭就能养活一个家。而经营那样的报刊邮亭，大多是城市里无生活来源的贫困居民，都是街道办安排的，带有照顾性质。稍微有点经营头脑的人，再在旁边搭一个小条桌，附带做点香烟、茶水之类的营生，一家人的生活费不就差不多了吗？

然而，不久前的一天早上，我路过河东新区德水北路，在一个公共汽车站台旁，赫然安放着一个多年未见的报刊邮亭，它在两颗小叶榕树的掩映下，像一个被遗弃的"孤儿"，普通得没有哪个人会注意。整个邮亭呈绿色，亭子的上边是一条宽约 20 厘米的白色边带，边带上书："中国邮政（四川省邮政公司）、新闻报刊亭、四川日报报业集团"，邮亭的左侧上方挂着一个白色的正方形塑料灯箱，灯箱上印着"党报党刊销售点"7 个红字。由此可以推测，这个报刊邮亭是四川省邮政公司和四川日报报业集团联建的。

想不到如今这里还有这样一个罕见的"古董"，我有点好奇，不禁上前和守亭人攀谈起来。

"大叔，是您在经营这个邮亭吗?"守亭人是一位 70 多岁的老太爷，瘦高个子，一眼就能看出他是一个身板硬朗的人。我率先跟他搭讪。

"我可不是靠邮亭挣钱的，我守着它是用来打发时间的。"老太爷很乐观也很健谈。

"如今已经进入电子化时代了，看纸质刊物的人越来越少了，除非是一些上了年纪的人，现在经营这样的邮亭赚不了钱，再也不能养家糊口了。我是农信社的退休职工，主动请缨每天来这里义务服务的，我有退休工资，既不是为了挣钱，也不会收取任何报酬。"老太爷直截了当地说。

一眼望去，报刊邮亭里，除了几摞报纸，其余就是一些零星的生活日用品，柜台上还摆放着一个蜀信 e 惠支付。我忍不住问道："您这里只销售报纸?"

"嗯,销售党报党刊,向市民传递党的声音,宣传党和国家的大政方针政策,是我们每个党员的政治任务。"老太爷一本正经、自信满满。

我自愧弗如,无言以对。没想到退休职工的站位如此之高,我不得不为他点赞!

"哦,原来如此!"我礼貌地向他点了点头,随后离开了。

…… ……

临近正午时分,我再次路过这个报刊邮亭时,邮亭的卷闸门已经落下,斑驳的日影投射在陈旧的卷闸门上,岁月的痕迹清晰可辨,报刊邮亭的命运和时代的变迁是如此的息息相关!

附　录

用文字深情触摸遂州大地

——记第五届石膏山文学奖提名奖作品

《幸福海龙村》作者周依春

遂宁日报

2023 年 11 月 18 日

近日，由中国报告文学学会、《时代报告·中国报告文学》杂志社等主办的第五届石膏山文学奖颁奖典礼举行。周依春所著的《幸福海龙村》荣获提名奖。

周依春，笔名"古巴州人"，四川巴中人，高级经济师，现在乐山农商银行任党委委员、纪委书记、监事长，曾于2021 年—2022 年在遂宁农商银行工作。在遂宁工作期间，他创作了诸多关于遂宁的文学作品，旨在通过自己的文字展现遂宁的历史文化、山川风物，吸引更多人了解遂宁、热爱遂宁，来遂宁投资兴业。

记者采访到周依春，了解他与遂宁的故事、他眼中的遂宁。

真情描绘　遂宁发展壮丽画卷

从故乡巴中到工作地乐山，途经遂宁，周依春仍会不时取道遂宁，面见故人、游览故地。虽然，在遂宁工作的时间不到两年，但他对这座城市有着很深的感情。从唐家乡到常理镇，从灵泉寺到广德寺，从卧龙山到金华山……他的足迹遍布遂宁乡村田园、名胜古迹，所见所闻所感均被诉诸笔端。

近年来，遂宁精品示范村建设成效显著，安居区常理镇海龙村是其中的杰出代表。周依春所著的《幸福海龙村》深刻反映了海龙村的两次蝶变。

第一次蝶变是20世纪六七十年代，当时的海龙村是一个资源匮乏、贫穷落后的小山村，依靠群众的智慧和力量打出了当时的"第一口"沼气池，圆了老百姓的"蓝焰之梦"。海龙村的沼气实践具有很强的代表性和借鉴意义，全国10多个省、市代表团到这里现场学习。遂宁沼气由此走向全省，走向全国。

第二次蝶变更为翻天覆地。"近年来，遂宁市委、市政府和安居区委、区政府深入贯彻落实党中央、国务院关于实施乡村振兴的重大战略部署，全力推动海龙凯歌农文旅园区建设。以沼气文化为主线，打造研学、农业、沼气文化、艺术等新业态，让游客吃得香、留得住、玩得好，取得了'田园变乐园、园区成景区'的惊人成果。"谈及《幸福海龙村》的创作初衷，周依春说，"经过280多个日日夜夜的奋战，一幅美丽的乡村画卷呈现在人们眼前。在乡村振兴的背景下，我认为海龙村幸福美丽乡村建设的实践，蹚出了一条共同富裕的康庄大道，其经验值得其他地方学习和借鉴，也值得我们去讴歌、去书写。"

具体到写作上，《幸福海龙村》分为上、下两个篇章。上篇《往事如烟》通过"三桩往事"反映了海龙村曾经的贫穷状况；"三个梦想"反映出海龙村人不等不靠、敢想敢干，充分发挥智慧和力量，攻克了建筑学、物理学、化学等学科中的技术难题，成功"变"出沼气。下篇《共富之梦》通过"三个组团"，即第一个组团"共富之园"的五个看点，第二组团的五个记忆、八大业态，第三个组团"幸福乡村"的三幅画卷，展现出海龙村欣欣向荣的景象。

纵情书写　遂宁独特人文历史

勤于笔耕著述的周依春，已相继有文集《山路十八弯》《岁月留痕》《流淌的心曲》等多部作品出版，还荣获了我国金融文学界最高奖项——第四届金融文学奖。

在周依春创作的大量与遂宁有关的文学作品中，散文《涪江春色》也曾一度受到较为广泛的关注。2022 年 8 月，《涪江春色》入选"翰墨中国梦·共画同心圆"巴蜀文化艺术展，在他的笔下，和煦的涪江春风、和顺的涪江春雨、至情的涪江春水、明媚的涪江阳光、至善的涪江人民，构成了一幅"东风好作阳和使，逢草逢花报发生"的生动画卷，陶醉了读者的心。

"我于 2021 年 1 月到遂宁工作，于 2022 年 12 月离开。在遂宁工作时，遂宁市委、市政府提出了筑'三城'兴'三都'、加速升腾'成渝之星'的战略构想，全市上下开拓进取、真抓实干，打造中国式现代化建设遂宁样板，是这里的领导影响了我，是这里的干部激励了我，是这里的人民教育了我。"周依春坦言，虽在遂宁工作时间不到两年，却亲眼见证了遂宁的飞速发展，这座城市不仅和善包容，而且活力与魅力四射。"遂宁的经历让我终生难忘！"

《川中十里白芷香》《拜谒陈子昂读书台》《探访灵泉寺》……感怀于这份难得的相遇，在繁忙的银行经营管理工作之余，勤于笔耕的周依春，决定将在这段时期所写的文字结集为散文集《一江春水》出版，以存鸿爪雪泥，兼作怀人忆往。《一江春水》既是周依春对遂宁历史文化、山川风物的记录，也是他对在遂宁工作、学习和生活的思考。

离情难忘　遂宁工作生活经历

《一江春水》分为四辑，每辑命名各有妙义，蕴藏深刻内涵。

第一辑"润泽一方"，表达了作者对一方水土和地理风物的钟情与奉献，表明他是一位吃苦奉献的人。第二辑"心静如水"，提炼了日常生活中的人生感悟和心得，表明作者是一位勤学善思的人。第三辑"跋山涉水"，以游记文字居多，寄情于景，以物咏志，表明作者是一位热爱生活的人。第四辑"饮水思源"，意在走得再远都不能忘记来时路，表明作者是一位不忘初心使命的人。

当前，遂宁大地时时处处都涌动着奋斗的热潮，一片生机蓬勃、日新月异，恰似一江春水浩浩汤汤、横无际涯……在周依春笔下，有描绘，也有考略；有记叙，也有实录；有打捞，也有梳理；有钩沉，也有探秘；有抒情，也有田野调查，总之是以满腔的激情和挚爱来赞美故土、颂赞故土、记录故土、抒写故土，绘就了一幅幅充满乡情、亲情、风情的乡土画卷，既是酣畅淋漓的真情流露，更是娓娓道来的深情表达。

"这是一种特殊的缘分。"周依春说，遂宁的工作生活环境都非常好，而今到遂宁总有一种宾至如归的感觉，离开它时真是依依不舍。

（全媒体记者　杨柳）

注：本书出版时对书稿内容重新进行了梳理和编排，因此内容与报纸报道略有出入，特此说明。

后　记

　　从川东到川中，我到达了人生旅途的又一个站点——遂宁，这座等了我有 1660 年历史的城市，我终于来了。那是 2021 年早春！

　　早春时节，岷山主峰雪宝顶上的冰雪渐渐消融，滔滔涪江水从西北向东南，一路奔腾而来，润泽着遂州大地的万亩田畴，也滋养着这里的万物生灵。虽然尚处在疫情期间，但为了加快成渝双城经济圈建设，实现遂宁"筑'三城'、兴'三都'，加速升腾'成渝之星'"的战略构想，勤劳智慧的遂宁人正意气风发地迈上中国式现代化建设的新征程。遂州大地处处都涌动着滚滚春潮，呈现出一派欣欣向荣的景象。书写《一江春水》的想法便在我的脑海里萌生。

　　文章合为时而著。从县级联社到城区农商银行，从县级联社理事长到城区农商银行行长，环境的改变和角色的转换，赋予了我更多的工作实践和生活体验，也带给了我更多的人生思考和思想感悟，激发了我感恩奋进和拼搏奉献的热情。与此同时，一方水土养一方人。遂宁，物华天宝，人杰地灵，历史悠久，文化厚重，群贤毕至，英雄辈出，素有"德善之乡"的美称，"广德、和善、包容"为这座城市贴上了一张靓丽的标签，也为遂宁人的性格作了最好诠释，他们的骨子里早就植入了"德为先、善为贵"的基因。正是这一方创业热土聚天下英才而用之，才谱写了一个又一个"敢为人先、善做善成"的动人故事，从而成为我书写这片土地的动力和源泉。

《一江春水》围绕"水"字做文章，共分为四个篇章，即"润泽一方""心静如水""跋山涉水""饮水思源"。在这四个篇章里，有对家乡及亲人的思念，也有对遂宁这片土地的挚爱和奉献；有对人生和现实社会的冷静思考，也有对祖国山河的无限热爱……这些都是我发自肺腑的真情流露。正如诗人艾青在《我爱这土地》里所写："为什么我的眼里常含泪水？因为我对这土地爱得深沉……"

2022年初冬，我离开遂宁，又奔赴了人生旅途的下一个站点。在遂宁工作的时间虽然只有短暂的一年又十个月，但带给我的感动实在太多太多，结集出版《一江春水》既是为了让那些零散的文字有个归宿，更是为了记住那些动人的瞬间，留存一段美好的记忆。中国作协主席铁凝说："文学最终是一件与人为善的事情。"写作使人变得更善良，我把它当作一种爱好、一种修行、一种责任，当作对自己灵魂的救赎和洗礼！有人问我："你工作那么忙，怎么会有时间写那么多东西？"我告诉他们："白天干工作，晚上搞写作，白天晚上都有收获！珍惜时间就是延长生命。能够把别人的一天当作自己的两天来过，你就是人生的最大赢家。向善而生，感恩奋进，珍惜时间，人生无憾！"

在《一江春水》付梓成书之际，我要衷心感谢在遂宁工作期间关心、帮助和支持我的各位领导、各位同事和各位亲友，同时还要感谢在写作道路上一直鞭策和鼓励我的中国金融作协、四川省作协领导和各位老师，以及为此书付梓出版付出辛勤劳动的各位编辑老师！

特此存记。

周依春

2023 年 8 月于成都